陕西出版资金资助项目

易俗大先生

余静 著

西北大学出版社

自 序

从未想过我会写一本与秦腔有关的书。从事传媒工作20多年，深切感受了国人文化娱乐生活的巨大变化，2005年，全民发短信为"超女"投票；2010年，电视综艺、真人秀铺天盖地；2018年，中国电影票房突破600亿。现在一部手机就能联结世界，谁还会坐在剧场里看一场古老的秦腔？年轻人的选择太多了。

但秦腔总是有人听的。秦腔声腔来历悠远，上承唐代梨园，经宋、元、明、清千余年，就这么一代代传承下来了，并没有因生活方式的转变而消亡。我们的城乡越来越都市化，年轻人见面大都操着一口标准普通话，很少听谁说方言，我女儿就不会说陕西话，我一直为此遗憾。在陕西，方言被边缘化了，而秦腔更成为一种似有似无的存在。说它"无"，年轻人宁可花两个小时看一场无聊的电影，也想不起来去听什么秦腔名段；说它"有"，你看看傍晚时分的易俗社小剧场，每到周末演出照旧，熙熙攘攘。这是一个信息纷繁交错的时代，你不能因为自己感知不到就说它没有。就像我，当本书的责任编辑提出这个选题时，我那么轻易地问了一句："秦腔，还有人听，有人看吗？"

事实证明是有人听有人看的。坐在易俗社小剧场，四方桌，灯挂椅，舞台灯光亮起，大幕拉开，生旦净丑粉墨登场，一时"英英鼓腹，洋洋盈耳，激流波,绕梁尘,声震林木,响遏行云",真是"热耳酸心"啊!哎——原来我也会激动,原来它一直都在,原来它从没有离开。我是秦人,秦腔的种子埋在我的身体里,秦声流淌在我的血液中,当你充沛时,也许感觉不到它的存在,但如果没有它,你将"失血"而死。我终于理解了那一群"北漂"的年轻人,为什么一定要成立"大秦之腔"北京青年研习社,没有资金,没有场地,坚持15年也要学秦腔,唱秦腔,因为这是他们的根,是他们割舍不了的乡愁。

接下这本书的那一刻,我便与秦腔,与易俗社展开了跨越时空的对话。记忆深处的暗盒一旦打开,与秦腔有关的画面一帧一帧曝光、显影,在我面前连成一条河流。

我是在城墙根儿长大的,我家老宅子坐落于西安市碑林区下马陵兴隆巷56号。小时候院里来了外地客人,老人们就会说,来西安要看两样东西,一看孔庙的碑林,二看易俗社的戏。这两个地方离我家都近,更重要的是易俗社的老社长高培支和我家就住同一条巷子里——兴隆巷42号。"走!易俗社看戏去。"老人们说这话时就多了几分底气,好像易俗社是自己家的。我大爷是个戏迷,每天清晨,他都要在院子里拉开架势,吼上几声。他说,这一吼把肚里的浊气吼出去了,人一天都畅快。对易俗社的戏,他如数家珍,《三滴血》《火焰驹》《夺锦楼》《三回头》……我想,小时候我一定是跟大爷看过戏的,我以为自己早已淡忘了,但这一次采访老艺人,当全巧民先生说到《虎口缘》,我张口就来:"未开言来珠泪落,叫声相公小哥哥……"竟然唱了个八九不离十。秦腔果然是我血液里的东西啊! 1992年,我奶奶去世过"三七",我爸请来秦腔戏班,在院子里唱了一天大戏,秦声深沉哀婉、激越悲怆,院内的无花果树叶子落了一地。

接下这本书之前,我刚出版了我的第一部长篇小说,身心俱疲,本打算歇一歇,但内心有一种莫名的情感涌动着,让我决定写这本书。我想,我是为着兴隆巷56号写的,为我爷爷和奶奶写的,为城墙根下的自乐班写的。

易俗社不好写,因为我不想写一本只给业内人士看的书,它应该有着更广大的读者群，也许他们从不看戏，不听秦腔，但他们需要知道这些老先生的故事。他们需要了解在中国西安，有这样一个秦腔剧社，一百多年来以振兴传统戏曲为己任，代代相承，生生不息。这是怎样的一个群体，面对匪乱、战争、运动，在历史风云的变换中始终坚守信念，不忘初心？这本书要展现的，不仅是易俗社的故事，也不仅是戏剧家、演员的故事，更是个体生命与所处时代的交融和碰撞。"人事有代谢，往来成古今"，易俗社的价值在哪里？时间给了我们最好的答案。

不能免俗的，我要感谢很多人，在创作过程中给予我无私的帮助。他们是：孙仁玉嫡孙孙永宽；李仪祉嫡孙李鬲；范紫东之孙范明、曾侄孙女范莉莉，范紫东研究会上官若峰；高培支孙媳张菊芳；封至模之子封玉书、嫡孙封山；王天民长女王淑珍、次子王福宏，外孙杨虎、丁小玲夫妇；易俗社老艺人凌光民、郝振易、刘冬生；秦腔演员全巧民、张咏华、孙莉群、李淑芳；电视主持人陈爱美；易俗社惠敏莉、陈超武、田博、杨益焕、权科锋；高级戏曲化妆师李晓龙；秦剧学社陇上一痴。

挂一漏万，在此一一致谢。

《子夜歌》有句："谁能思不歌？谁能饥不食？"易俗社创始人李桐轩用此句比喻戏曲像吃饭、唱歌一样平常，它来自民间，蓬勃于民间，有人的地方就有戏曲，有乡音的地方就有秦腔。

谁能思不歌？谁能饥不食？

2020年3月于西安自闲斋

目 录

知我谓我乐，不知谓我狂
　　——李桐轩往事　　　　1—28

最是骊山风月好，青梅煮酒话短长
　　——孙仁玉往事　　　　29—61

凡戏有根据，不肯诬古人
　　——范紫东往事　　　　63—92

苦心孤诣为易俗
　　——高培支往事　　　　93—117

目 录

相思非是远，风雨遣情多

——封至模往事　　119—161

大气磅礴，亦笑亦傲

——陈雨农往事　　163—180

若向天涯，定有人曾遇

——刘箴俗往事　　181—202

看似寻常最奇崛，成如容易却艰辛

——王天民往事　　203—233

谁能思不歌

——"49级"往事　　235—272

知我谓我乐,不知谓我狂

——李桐轩往事

清人陆次云著《圆圆传》，其中有一段记载：

> 李自成据宫掖。宫人死者半，逸者半。自成询内监曰："上苑三千，何无一国色耶？"内监曰："先帝屏声色，鲜佳丽，有一圆圆者，绝世所希……进圆圆。自成惊且喜，遽命歌，奏吴歈。自成蹙额曰："何貌甚佳，而音殊不可耐也？"即命群姬唱西调，操阮、筝、琥珀，已拍掌以和之。繁音激楚，热耳酸心。顾圆圆曰："此乐何如？"圆圆曰："此曲只应天上有，非南鄙之人所能及也！"

李桐轩（1860—1932）
陕西蒲城县人，易俗社创始人，首任社长

李自成是陕西米脂人，攻克北京后，有人给他进献名妓陈圆圆。命其唱歌，陈圆圆唱了一段昆曲，李自成皱着眉头说："长得这么好看，怎么唱歌如此难听？"遂命群姬唱西调，自己拍掌和之。唱完了问陈圆圆："这曲子怎么样？"圆圆说："此曲只应天上有，非南方鄙陋之人所能达到。"

这里的"西调"，是指流传于陕西一带的民歌，虽然还不能称其为秦腔，却是秦腔声腔形成的主要阶段。作为农民起义军领袖的李自成，不喜"气无烟火"的昆曲，除过独爱乡音，一定与他所处的战争年代有关，秦声激越，多杀伐之声，而昆曲雍和，为太平之象。陈圆圆自贬吴歈，应是情势所迫的附和之语，不足为信，但秦声"热耳酸心"，却是真实的感受。

秦腔声腔的形成和发展，可能经过了上千年甚至更长的时间。清朝乾隆年间，李调元写《剧话》，

扫码听戏

其中记载,"秦腔始于陕西,以梆为板,月琴应之,亦有紧慢,俗称梆子腔,蜀谓之乱弹"。李调元是四川人,他特别指出当地人将秦腔称作"乱弹",可以看出在乾隆年间,秦腔已经有了相当的发展。南京人严长明当时在陕西做官,很喜欢听戏,慢慢结交了一批伶人,写下《秦云撷英小谱》。据记载,仅西安一地,就有30多个秦腔班社,演员中最著名的是祥麟、小惠、琐儿,人称"曲部三绝",即绝技、绝唱、绝色。

秦腔的繁荣还体现在民间艺人自发成立行业组织,1776年(清乾隆四十一年),由秦腔班社发起,艺人响应,筹建西安梨园会馆,1780年落成。西安梨园会馆成为秦腔艺人联络感情,促进戏曲发展的重要场所,一定程度上提高了伶人的地位。

100多年后,新型秦腔剧社易俗社诞生。这是中国戏曲界的一件大事,为什么说易俗社是新型剧社?因为它的创立者不同于江湖班社,不是掌管一切的班主,也不是演而优则达的"角儿",而是一批接受维新思想的先进知识分子。旧班社以演员为核心,易俗社以编剧为核心;旧班社只演戏不教书,易俗社不光演戏,还承担着教育的责任,演员即是学员。文人编新剧,融合了通俗化和诗意化,大大提高了剧本的文学审美。

易俗社的创始人,首任社长李桐轩是陕西同盟会会员,较早一批参加民主革命的知识分子。早在清末,他就以鞭挞清政府的腐朽统治为题材,编写剧本《黑世界》《鬼教育》等,旗帜鲜明地表达追求民主自由的思想。易俗社成立后,面对一些人的不理解和嘲讽,他在《偶成赠社友》一诗中写道:"晨兴教歌舞,亲履粉墨场。知我谓我乐,不知谓我狂。"

❋❋❋　❋❋❋

"蒲案"风云

第一次听说李桐轩的名字,并不是因为易俗社。

几年前看过一篇文章，讲翻译家李赋宁的故事。李赋宁留学耶鲁时，有一回林语堂在耶鲁大学发表演讲，李赋宁评价说："他的英语写得很地道，但英语语音和语调却很不好。"那时林语堂早已闻名遐迩，中国人一般不会这么直接地评价人或事，尤其是某领域的权威，可见李赋宁是严谨之人，也是性情中人。文章中写到，李氏家族三代都是了不起的人物，李赋宁被誉为"中国的西方语言大师"，他的父亲李仪祉是当代中国水利工程的奠基者，他的祖父就是易俗社创始人李桐轩。

李桐轩名良材，字桐轩，亦作同萱，出身于普通的农民家庭。他20岁中秀才，后获贡生，28岁时被陕西提督学政选拔入三原宏道书院深造，两年后应陕西舆图馆之请，参加测绘各县地图。1902年，李桐轩与同县举人创办求友学堂，以普及乡村教育为己任。在那个时代，知识分子的路大抵如此，不是教书，便是做官。李桐轩的前路此时看起来十分清楚，就是做个教书先生，不问世事，他的两个儿子李约祉和李仪祉同年考上京师大学堂，一切似乎都很如意。但李桐轩生来不是"安分守己"的人，45岁时，他的人生中发生了一件大事，改变了他一生的命运。

1905年，李桐轩主持地方志工作，在重修《蒲城县志》时，发现有一个叫王改名的"土匪"存在冤情，便力主为这位民间侠客恢复名誉，此提议遭到时任知县李体仁的强烈反对，认为李桐轩悖逆道德，不但否定了新修县志，并对他进行迫害。这件事使李桐轩认识到清政府的腐朽，此时陕西大地上掀起了孙中山领导下的同盟会反清活动，李桐轩率先加入同盟会，以蒲城县高等小学教习的身份作掩护，从事革命工作，组织学生在街头演讲、演出，揭露清廷的腐败统治。这些活动引起了知县李体仁的惊恐，他写信给陕甘总督称："中国祸患，将来不在外洋，而在萧墙之内。"矛盾日益激化，1908年9月底，蒲城县城关帝庙酬神演戏，教育分会组织学生上街演讲，劝导妇女放足，语涉革命、解放等内容。李体仁认为时机已到，下令解散教育分会，关闭学堂，全体学生只好暂住县城北关街关帝庙。10月16日，李体仁亲领差役200余人，手持武器，包围了关帝庙，逮捕学生40

①
―
②

①李桐轩（右二）和夫人（左一）
②李桐轩（右三）与李仪祉（左二）

多名。李体仁连夜审讯，数十名学生遭受酷刑，其中一名学生受刑过重，被释放回家，不久身亡。

"蒲案"的消息很快传开，西安、北京、上海等地的进步人士纷纷抗议，不少学堂罢课以示声援。当时刚刚从京师大学堂毕业的李约祉、李仪祉等人，联络陕籍在京官员及进步人士30余人，具本参劾李体仁。清政府迫于形势，不得不将李体仁革职，恢复蒲城教育分会，赔偿学堂损失，安抚受害师生。

"蒲案"对李桐轩的一生影响至深，坚定了他通过戏剧警醒民众的信念。他教导两个儿子："人生自古谁无死，死于愚弱最可耻。"他相信，在一众同道的努力下，"唯华人兮神明胄，不可奴兮不可虏"。

新剧界之星宿

李桐轩早在清末居家时即编有两部剧本，《鬼教育》和《黑世界》。他认为普及社会教育，"宁舍阳春白雪，而取下里巴人"，这在当时是很大胆的言论。他还说，"昆曲不如二黄、秦腔，二黄腔不如灯影"，灯影即皮影戏，因为灯影极廉价，可遍及穷乡僻壤，就像血管中的微丝管，直达皮肤毛孔，无处不到。

因其个人遭遇和对社会的深刻认识，李桐轩的剧作中很少见到才子佳人，洞房花烛这类传统戏码，多为现实主义题材，文笔锋利泼辣。《黑世界》是他的代表作，抨击缠足吸烟恶习及贪官污吏之害，于1915年1月演出。《黑世界》全剧共四回，加一个"开场"，结构颇似元曲"四本一楔子"。故事情节是这样的：

清末，周至县少妇王纫姑回娘家探亲后返回婆家，其父王各卢本欲送行，临行之际却烟瘾大发。王纫姑等待不及，骑驴先行，不料途中遇上土匪，剥衣劫驴而去。适青年男子戴宝珉乘骡车经过，见此情景，忙解衣让纫姑穿上，并命仆人骑骡追匪。等了许久，不见仆人回来，戴宝珉便前往一探究竟，没想到仆人已被匪徒杀死。折回身再看纫姑时，其亦自尽身亡。正不知所措间，王各卢过足烟瘾追赶而来，见此惨状，诬陷戴宝珉奸杀其女。上告官府，知县黄参臣本已审明案情，确认戴宝珉无罪，而师爷钟华度欲图谋戴之家产，因说若不坐实戴杀人之罪，便是另有匪徒。如此则与前奏"本县匪患绝迹"不符，上面怪罪下来，必影响仕途。于是，黄参臣判戴宝珉有罪，将其打入大牢。后来，有仗义人士为戴鸣冤，抚院派委员封实去查，为黄贿赂收买，又诉诸京，始改戴宝珉发配边地苦劳三年，而县官黄参臣仅另调他任而已。

观此"黑世界"，不难发现，剧中情节与李桐轩的经历有很多相似之处，年幼时家乡匪患肆虐，一家人东躲西藏，重修县志时发现的一桩"冤案"，知县的"黑白不辨"……都体现在《黑世界》中。李桐轩在写完剧本后，特别加了一段自注："黑世界，即非洲黑奴之小影也。王各卢，亡国奴也；王纫姑，亡人格也；戴宝珉，代表民也；黄三才字参臣，荒山豺残贼也；封实字子确，嘴嚼也；钟华度，中华蠹也。"命名"黑世界"，意在影射清末官场之腐败，政治之黑暗，普通民众遭受压迫和奴役，不啻非洲之黑奴。1931年编印的《陕西易俗社简明报告书》这样评价："李桐轩清末即有《黑世界》之作，为吾陕新剧界之星宿。"

结社得良朋

20世纪初，中国文化界掀起戏剧改良运动，从京剧开始，出现了前所未有的时装戏，戏曲理论刊物《二十世纪大舞台》应运而生，一时赞誉如潮，被称为"梨园革命军"。那时的戏曲改良狂热到什么程度呢？有人甚至称，宁愿有一个施耐庵、金圣叹，不要一百个司马迁、班固；宁愿有一个汤显祖、孔尚任，不要一百个李白、杜甫。

1904年，陈独秀发表文章《论戏曲》，更是将戏曲改良运动推向高潮。他在文章中说，要想开通风气，没有哪个形式能比得上戏曲，"像那开办学堂虽好,可惜教人甚少,见效太缓。做小说,开报馆,容易开人智慧,但是认不得字的人,还是得不着益处"。唯有看戏这件事,无论高下三等人,看看都可以感动,便是聋人也看得见,盲人也听得见!陈独秀因此说,"戏馆子是众人的大学堂,戏子是众人的大教师,戏曲算得是世界上第一个大教育家"。

戏曲改良运动席卷了20世纪初期的中国大地,成都有川剧改良工会,上海创建上海新舞台,广东成立"志士班"(又称"改良班")……辛亥革命后,这股热潮渐渐平息,但在地处西北内陆的西安,变化才刚刚开始。

1912年,在陕西修史局任总纂的李桐轩,常常和同仁孙仁玉一起探讨时事。两人素来热爱戏曲,蔓延于各地的戏曲改良运动深深震撼着他们,人民知识蔽塞,国家落后,要改变这种现状,只有普及教育,而普及教育最好的方式就是戏曲。达成共识后,一个宏大的构想在两人的心中明晰起来。于是,由孙仁玉拟定,李桐轩修正,写成《易俗伶学社缘起简章》,"爰结斯社,取名易俗,意在移风易俗,俾久压于专制之民,程度骤高,而有共和之实焉。声音之道,与政相通,于以为补助之教育,庶有当也"。章程有了,但李桐轩深知,光靠他们两个人纸上谈兵是办不成事的,必须依靠社会各界的力量。经多方奔走,联络各界人士,共有163人愿为发起人,29人为赞成人,囊括当时陕西党、政、军、教育、文化等方面要员和名流。同年8月13日,易俗伶学社成立大会举行,公举杨西堂、李桐轩为社长,孙仁玉为评议兼编辑,薛卜五、王伯明为社监。

李桐轩此时已年过半百,他自号"莲舌居士",常怀一颗佛心,如今为改良戏曲故,不惜游走红尘,粉墨登场。他在《答长公》一诗中表达了自己的感慨和决心:

> 我本出世人,忽作入世想。寄迹在梨园,游神在渺莽。不能为菩萨,化现满空像。不能为如来,说法舌长广。结社得良朋,易俗传清响。寻乐且偷闲,敢希知音赏。何期有长公,啧啧相嘉

1920年，易俗社全体师生合影

奖。遗貌取其神，许无毫发爽。赠我以诗篇，珠玑喜盈掌。何以报知音，前途励吾党。

在易俗社的影响下，陕西、甘肃、宁夏、青海等地相继成立了诸如榛苓社、三意社、觉民社、正俗社等秦腔班社，秦腔迎来了空前繁荣的时代。

这里没有"戏子"，只有教练

易俗社最初叫"易俗伶学社"，后以易俗事业原不限于编剧、演戏，遂去"伶"字，叫"易俗学社"，不久，因旧戏班纷纷效仿，亦称某某学社，便又去了"学"字。在1919年重新修订的《易俗社简章》中，明确了办社宗旨，即"编演戏曲，补助社会教育，移风易俗"。易俗社与江湖戏班最显著的不同，是将文化学习和编戏演出结合起来，因此在1949年中华人民共和国成立前，一直隶属于陕西省教育厅。民国十年（1921年），在易俗社即将迎来创立10周年之际，教育部特颁金色褒状，以奖励易俗社的卓越贡献。

旧社会伶人地位低下，易俗社招收贫寒子弟为学员，学员名字的最后一个字，以"中华民国易俗"六字命名，如刘箴俗、王天民、沈和中、赵振华等。聘有文化教员授课，文化课分"高等班"（高小）和"国民班"（初小），学员初入社，学习国民级课程，每周六节课，包括修身一节、国文三节、算术二节，初小毕业后升入高小等，学习修身、国文、历史、地理、理科、算术等，此外还要练习书法。为了使学员更好地理解剧本，易俗社还专门办过"文史进修班"，为期两年，讲授古典文学和音韵、对仗等方面的知识，所以学员毕业登台，面貌一新，和江湖戏班所谓的"戏子"有天壤之别。

但改变人们业已形成的思想观念是很难的，尤其是权贵阶层。易俗社甫一成立，便聘请了当时的名旦陈雨农（人称"德娃"）、党甘亭（人称"胎里红"）和名须生李云亭（人称"麻子红"）担任教练。这引起了一些新贵人物的不满,一天晚上,两个士兵冲进易俗社,说是都督府演堂戏,叫德娃和麻子红立刻去唱戏。社监薛卜五说:"我们这儿没那两个人,只有两个教练,一个叫陈雨农,一个叫李云亭。"士兵大骂而去,不一会儿,来了许多持枪的兵,不容分说,将陈雨农和李云亭绑上带走了。事发突然,薛卜五找到新当选省议会议员的师子敬,请他帮忙,又请来了军界人士,去都督府交涉。第二天下午,两位教练总算被释放了。当晚,李桐轩召集社里主要人员开会,决定聘请第二师师长张伯英、第三混成旅旅长陈伯生担任名誉社长,因为除非有实力的人参与进来,否则易俗社将不能保全。

李桐轩与易俗社同仁极力提高伶界的人格,以身作则"与优伶为伍"。当时社长每月仅有车马费二十元,而教练陈雨农月薪和津贴达三十六元,党甘亭为二十八元。高薪资解决了他们的生活之忧,更重要的是得到尊重和信任。在过去,戏子不能进祖坟,不能进孔庙祭祀,而易俗社改变了这一切,是为昭明宗旨,移风易俗。

易俗传清响

易俗社的体制,仿效的是共和制度,其中有议会、有执行、有选举、有弹劾,有编辑、教练、决算、审查。秩序井然,一丝不苟,俨然一个"小中华民国"。李桐轩在《陕西易俗社第一次报告书》的序言中写道:"君子务其大者、远者,小人务其小者、近者……本社同仁寝馈斯道,十年于兹。非曰陶情,而有大愿焉。"

他们的"大愿"是什么?"先教后富,以戏曲营业,既得资本,以次渐及于实业,使遍国中皆南通焉"。

易俗社实行社员大会领导下的社长负责制,其组织机构的设置,一为干事部,由社长负责处理社内一切事务;二为评议部,评议社内一切事务,整理议事;三为编辑部,负责编写剧本;四为学校部,负责文化教育;五为排练部,负责业务排练和日常培训。后来根据形势变化,机构也屡做调

① ②
③

① 易俗社老门头
②《易俗社章程》
③《陕西易俗社第一次报告书》

整，如改社长制为社务委员会制，增设交际部、营业部等，但是作为新型戏曲团体的核心业务，即编戏、演出、教育，始终没有改变。为使戏曲事业长久发展，一以贯之，李桐轩和同仁拟定《易俗社章程》（以下简称《章程》），对各项事务做了清晰的描述和规范。

办社之初，除社员募捐外，毫无收入，故经费异常困难，因此《章程》中对募捐酬答做了明确规定："捐一元以上者，登报鸣谢；十元以上者，给徽章，认为本社社员；五十元以上者，许于本社有发言权；百元以上者，给常年入场券；千元以上者，认为本社名誉社长。"作为有着先进思想的知识分子，李桐轩极为重视宣传，于易俗社成立的第二年创办《易俗白话杂志》，连续刊登了李桐轩的重要著作《甄别旧戏草》《影剧改良说》《说民为邦本》等，宣传易俗宗旨及民主思想，共出刊四期，后因战乱而停刊。经广为宣说，社会上对易俗社赞誉之声渐隆，民国六年以前，每年年终盘点，尚有盈余，社里增购衣物，置不动产，颇见成效。

易俗社的核心是编演戏曲，《章程》规范了编演种类，分为：历史戏曲、社会戏曲、家庭戏曲、科学戏曲、诙谐戏曲。要求编辑以此为标准，至少六个月编写一部新剧，未完成则停发车马费。对于学员的管理，要求"每日黎明起床，晚二更后归寝；出入须长先幼后，鱼贯而行；不宜妄自菲薄，不得与不正当之人私相往来，无论何时、何地，概不得受外界之赠予……"奖惩方面，"有不遵守规则，怠于学习者"，由社监和教练训诫整顿，"有嗜好，及怙恶不悛，或疲玩不堪造就者"，由社监告知社长，予以开除。学员谨守规矩，笃于学习、进步最速者，每月奖励一次；毕业时演唱精熟，表现优异者，颁发特别徽章予以表彰。

1921年至1937年间，易俗社四次编印《陕西易俗社报告书》，汇总新剧目、毕业学生名单，记录社内大事等，一方面报送陕西省教育厅，一方面分发给社会有关单位，扩大了易俗社的影响力。之后的几十年间，抗日战争、解放战争，各种运动冲击下，全国很多剧社偃旗息鼓，而易俗社始终屹立不倒，成为中国屈指可数的百年剧社。

甄别取舍，戏曲改良

《甄别旧戏草》最早发表在《易俗白话杂志》上，那是1917年，李桐轩有感于民间流传的数以千计的秦腔剧目，如何甄别取舍，推陈出新？易俗社为新型艺术团体，当承担戏曲改良之责任。他认为，"曲本之作，不可不慎，慎之如何，当以影响于人心为断"，"戏曲之改良，俱以膏粱易藜藿……推其陈，出其新，病乃不存；陈之不推，新将焉出？"

清末，秦腔经过几百年的发展，逐渐积累了一大批秦腔剧目，据不完全统计，至少有四五千种。这些剧目大多由艺人自己创作和演出，采取口传身教的方式，一代一代流传下来，而直接用文字记录保存下来的非常有限。李桐轩在《甄别旧戏草》中提及，清末经常演出的剧目有三百多种。在当时的秦腔民间班社中，曾流行着"江湖二十四大本"的说法，有人还将这些戏名连缀起来，编成歌谣传播：

《甄别旧戏草》

　　《麟骨床》上系《串龙珠》
　　《春秋笔》下吊《玉虎坠》
　　《五家坡》降伏《蛟龙驹》
　　《紫霞宫》收藏《铁兽图》
　　《抱火斗》施计《破天门》
　　《玉梅绦》捆住《八件衣》
　　《黑叮本》审理《潘杨讼》
　　《下河东》托请《状元媒》

易俗大先生

《淮河营》攻破《黄河阵》
《破宁国》得胜《回荆州》
《忠义侠》画入《八义图》
《白玉楼》欢庆《渔家乐》

秦腔剧目浩如烟海散落在民间，李桐轩根据是否"影响于人心为断"，列举出三百多本传统剧目，分为"可去者""可改者""可取者"三类，作为易俗社编演剧目的标准。

可去之戏，分六类：诲淫、无理、怪异、无意识、不可为训、历史不实。

其中"诲淫""无理""怪异"好理解，什么叫"无意识"？戏不奇不传，如大舜之孝，遇上了无良父母，才能彰显德行，给人以教益，而一些寻常琐碎之事，虽然无害，但也无益，不如不做。什么叫"不可为训"？意义拔得过高，不可企及，或者放诞风流，逾越礼法。

可改之戏，分三类：善本流传失真者、落常套者、意本可取而抽象的有犯此六条者。

"抽象的有犯此六条者"指的是立意尚可，但一些概念却与"可去之戏"的六条相合，其蓝本如《说唐》《说岳》《烈女传》等，纯杂不一，须改之而后用。

可取之戏，分四类：激发天良，灌输知识，武打之可取者，诙谐之可取者。曲本如《周仁回府》《杜十娘》《木兰从军》，蓝本如《三国演义》《东周列国志》《儒林外史》等。

《甄别旧戏草》立足于戏曲改良，对传统秦腔剧目加以评判甄别，实为一大创举。但由于李桐轩所处的时代，有其历史局限性，在具体剧目的判断上，有偏颇之处。特别是"可去之戏"，将《杨家将》《包公传》列为"无理"，将《西游记》《阅微草堂笔记》《牡丹亭》列为"怪异"，将《红楼梦》《西厢记》列为"无意识""不可为训"。但瑕不掩瑜，《甄别旧戏草》为易俗社编演新剧提供了理论支持，到中华人民共和国成立前，共创作各类大小剧目500余本，其他地方戏曲社团争相移植演出。

走出陕西，誉满汉口

易俗社自成立以来，一直在西安及周边各县演出，从未出过潼关。1920年11月，陕西榆林人、上海《大公报》主笔张季鸾回西安探亲，提议易俗社赴沪演出。张季鸾是时任社长李约祉的妻兄，他的提议引起大家的极大兴趣。李桐轩、孙仁玉等极力赞成，李桐轩认为，易俗社决不可局限于陕西一隅，应推及全国。早在两年前，他撰文道："同调之人，千里神交，知识交换，所以激发人民之善心，而遏止其邪念者，吾知其必有当也。"经研究，最终决定赴汉口演出。

1921年3月，先期赴汉口考察的李约祉、陈雨农来函，称一切准备就绪，可以成行。4月初，由甲乙两班组成的演出团抵达汉口。最初在长乐园演出，但秦腔不合当地人的欣赏习惯，观众甚少，入不敷出。由西安总社社长改任汉口分社社长的李约祉决定编印《易俗社日报》，刊登剧评、剧目及演员介绍等，广为分发宣传。武汉文化界人士始知易俗社不同于一般的江湖戏班，是一批知识分子发起创立，于是纷纷于报刊发表文章，向社会推介，陕西同乡商界也鼎力相助，垫资三千余元，为易俗社购置新箱。由于长乐园租金过高，5月后移至西会馆（山陕会馆），借贷千余元，开始自建临时舞台。8月建成，正式开幕。由于前期宣传到位，迎来了易俗社赴汉口演出的第一个高峰，从此一发不可收。有文章评

李约祉

价，易俗社"编者尽戏剧之能事，演者恰神肖而情同，所以见之则色舞眉飞，听之则性移心动，是诚易俗之良模，而教育之利器也……武汉积奢华之习，染淫荡之风，今日一旦听咸阳之歌，聆秦廷之曲，将见化郑卫为齐鲁，变剽悍为文明矣"。

1922年3月，李约祉因母亲病故回陕，守孝在家。李桐轩此时已退休，但想到汉口事务不能没人管理，而儿子一时又无法回去，毅然赶赴汉口代儿子主持社务。他已经62岁了，但"爱社之心，老而弥笃"，时任易俗社社长的高培支说："李桐老常以本社没齿不二之臣自任，多年住社，后以年老念佛，始居于家。到今天，仍不辞辛劳，勇猛前去，可钦也。"

此时在汉学生已离家一年有余，多半思归。部分学生声誉渐隆，受到沪、汉、京、津艺人生活待遇的影响，对自己的待遇和社里的限制不满，个别演员发展到不经批准，自行提取票款的程度。李约祉为此忧虑不已，"最不安分之徒，留之则损毁名誉，开之则演剧困难"，进退维谷，难以处理。回陕后，他建议总社早日召回两班学生。10月，甲乙两班归省，评议会决议取消汉口分社。至此，一年半的汉口演出结束了。

据《易俗社编年记事》记载，"本社汉口之行，收入优于陕社，通盘筹算，仍有亏累。但局蹐西安，寂寂无闻，远行楚汉，使之千里之外，素知文化落后之陕西，尚有此著剧宏富，技艺雄厚之易俗社，自是始焉。而古老秦腔，自魏长生乾隆三十九年入都，以后南下扬州，传播梆子艺术，距今已一百四十余年矣。此次本社东越关山，涉足江夏，献艺汉上，时间年半有余，历时之久，收获之丰，享誉之高，实为继魏三之后，陕西秦腔史上远涉大江南北又一新页"。

万人杰就是我

李桐轩的代表作《一字狱》脱胎于晚清小说《官场现形记》，里面有个无耻文人，叫刁迈朋，"迈朋"即卖友求荣，与之相对的是万人杰，万民之

李约社名作《韩宝英》，康顿易饰演沈祥凤

表率，正义之化身。此剧在汉口演出时，观众席上站起一位老者，操着四川口音大喊："戏中的万人杰就是我！"举惊四座，掌声雷动。演出结束后，老者向众人讲了这部戏的史实背景和自己的经历，称赞这部戏编得好、演得好。当时武汉消闲社干事扬铎就在现场，他后来回忆说："台上台下，打成一片，开戏院未有之奇观。在今日，戏剧能有如此台上台下融合的气氛，那是不足为奇的，然而四十年前，确是一件不可多得的盛事……其艺术感人至深，真可叹为观止。"

《一字狱》何以有如此大的魅力？在于作者将批判现实主义和超现实的浪漫手法结合起来，起到了振聋发聩的作用。

清末，四川总督贾正学的妻弟在泸州征收盐税，横征暴敛，激起民变。贾正学命令镇台宋兴剿办，致三十六村百姓惨遭杀害。以万人杰为首的众举子挺身而出，置个人安危和功名前程于不顾，集体罢考示威。学台迫于压力据实上报，朝廷派钦差大臣赴川查办。贾正学收买宋兴的朋友刁迈朋，到宋兴处将"剿办"的命令调换成"查办"，一字之差，使宋兴成了"替死鬼"。刁迈朋因此得官，在赴任途中，遭宋兴鬼魂追索，命丧荒野。

善恶有报，作者以普世的因果定律平衡了现实的残酷。剧中精彩对白比比皆是。第一回"扪心"，李桐轩借万人杰之口发出"扪心之问"："长官命令和良心命令哪个更重要？"

宋兴接到上级的剿办命令，一时犹豫不决。万人杰劝道："孟子说，是非之心，人皆有之。若心里辨不清是非，那就不是人。若有是非之心，便是良心，良心便是天理。你看是天理良心要紧，还是长官命令要紧呢？"宋兴经过一番思想斗争，没有选择天理良心，而是偏听刁迈朋之言，唯上命是从，"我想良心是个虚的，谁也看不见；富贵是个实的，当下就能用。"这些对白在今天看来，也极具现实意义。

时人评价李桐轩的剧作，"其为戏也，若陶渊明之诗，冲微淡远，耐人寻味。造句之佳，尤非他人所能及也"。

一家人最快乐的时刻，就是听父亲讲故事

李桐轩的次子李仪祉是我国著名水利学家，担任过陕西省水利局局长、教育厅厅长、西北大学校长。他曾写过一本薄薄的册子，名《南园忆胜》，是为追念父辈先德而作。

李家世代居住在蒲城富原村，先在北园，以农为业，后因李仲特、李桐轩兄弟求学，搬至南园。李仪祉回忆，一家人最快乐的时刻，就是忙完一天农活，晚上围在一起听父亲讲故事。李桐轩对孩子的要求极为严格，尤其重视品德教育，"趋庭之礼，洒扫之仪，极细微曲折处，亦必留意"。他交友甚多，来往之间，常常会对晚辈指出某位朋友的优点，甚至村夫农妇，只要有一技之长，或者品行端正，就对子弟称颂，让他们学习。

李约祉夫妇（左）和李仪祉夫妇

李氏兄弟

李桐轩淡泊功名,信奉范仲淹"不为良相,则为良医"的训言,平日里看医书,收集奇方,常说极贱之物,有时可获大用,极微之事,有时可以收大功,不可忽视。他说,为文之道,在不说多余话,涉世之道,在不做多余事。李仪祉自幼随祖母长大,年已弱冠,结婚一年有余,还嫌幼稚,长辈们难免操心。李仪祉还为此写了一篇文章,被父亲看到了,在文末作批:各尽各心,各行各道。亲唯知慈,子自尽孝。翁姑宜聋,古人垂教。儿女闺房,不管为妙。

约祉、仪祉兄弟同年考入京师大学堂,启程前,李桐轩购纸烟一打,对兄弟俩说:"这东西我平日讨厌,也不赞成你们吸烟,但长途跋涉,店房污秽,稍微吸一点,可以避瘴气。"李仪祉入学后,写信给家里说,学堂饮食丰盛,却受到父亲责备。李桐轩在信里责问:"你千里求学,难道是为了吃喝吗?"李仪祉有点委屈,其实是因为家里贫穷,才会有此感受,他省同学还敲桌子谩骂,嫌饭食不好呢。李桐轩作诗鼓励兄弟俩:"男子立身戒自轻,要知科第非功名。英雄事业一念定,再休大梦度浮生。"

长子李约祉在父亲影响下,也走上了戏剧教育与创作的道路,先后担任易俗社社长、评议长、教务主任、编辑主任等职。尤其在汉口分社担任社长时,常为演出操劳,学生离开家乡不好管教,更有不安分之徒损毁剧社名誉,压力之大让他常暗自垂泪。戏剧艺术家欧阳予倩回忆,1921年,他带领南通伶工学社在汉口演出时,曾和李约祉多次会面交谈,认为"他是个坚忍能干的人,近年以来虽饱经

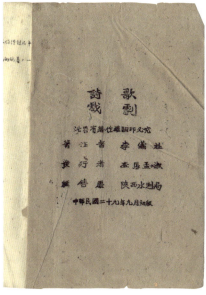

李仪祉著作

变故可他还是在干着"。李约祉为易俗社编写了二十多部戏,其中《庚娘传》《韩宝英》还在上演。时人评论他的戏,"所编多笃于伦常之作,情辞恳切,令人感泣"。

李仪祉曾赴德国留学多年,专攻水利,回陕后修建泾惠、渭惠等灌溉渠,被誉为"当代中国水利工程的奠基者"。但在闲暇之时,他的爱好却是写秦腔剧本,《卢采英救夫记》《复成桥》《李寄斩蛇记》均流传下来。易俗社剧作家孙仁玉评说李仪祉的戏,"游学欧洲,见识广,所编戏融合中西,提醒青年处甚多。"《卢采英救夫记》便是借用西班牙的一个故事,抨击地方势力勾结官员,欺凌百姓。李仪祉以科学家的身份进行写作,自有一番独到见解,虽然作品不及父兄丰富,数量也不多,但却是难得的一脉。

李约祉援救于右任

李约祉和于右任是陕西宏道高等学堂的同学,还在乡间读书时,李约祉就知道于右任,倾慕其文章"才气纵横,波澜壮阔"。

1904年,于右任应商州知州杨宜翰之邀,任商州中学堂监督。他又邀李仪祉、茹欲立同往任教。一时该学堂"学风大进,人文蔚起"。这年冬,于右任赴开封参加礼部会试。此前,有嫉恨者,搜得其所著《半哭半笑楼诗草》一本及其披发握刀照片一张,以为罪证,向三原知县告密。陕西当局以其"倡言革命,大逆不道",请旨斥革究办。不久,清廷密令缉拿并就地正法。

《半哭半笑楼诗草》的内容可谓惊世骇俗,用李约祉的话说,"骂这个,骂那个,而且是明骂,毫不隐讳,比如说,刺皇太后,刺升允(陕甘总督)等等"。扉页印有于右任个人照,短装打扮,披散头发,右手提刀,左右两侧自题对联:"换太平以颈血,爱自由如发妻"。当时于右任已前往开封参加会试,全然不知自己身处险境(因"庚子国变",北京贡院被焚毁,会试改在开封举行)。缉拿密旨已下,陕西当局只等明文一到,便可动手。

李约祉是怎么知道这件事的呢？他曾写文章回忆，三原县学教员王友益和他是旧相识，两人久未见面，偏偏就在这一天，李约祉探访旧友，王友益透露了这个消息。李约祉大吃一惊，当下未动声色，离开后立即去见于右任的父亲，告知此事。老太爷连声问："这该怎么办？"

李约祉说："现在县上还不知右任在开封会试，若是知道，一封电报，就把他拿了。"

老太爷说："那我们先打电报。"

李约祉说："不敢打，我们打电报，那等于走漏消息，自速其祸。"

老太爷沉思片刻，说："我是商人，拟个商人电报，'货已及申，速行'。你看行不行？"

李约祉说："电文尽可含蓄影射，但是姓名不能不提'于右任'三个字，怎么隐藏法呢？"

老太爷不语。李约祉说："唯一的办法，就是遣专人去送信，先尽人事，后由天命。"

于是老太爷写信，派专人送到开封。于右任见信，一刻不停，先奔走上海，后由上海去了日本。就在前后之间，公差来拿，于右任幸免于难。陕西许多赴试的举子，从开封回来时，沿途关津，节节盘查，受尽了麻烦。

这件事李约祉没有对人说起过，直到他去北京上学，一次对同学茹欲可提及，茹欲可去函告知于右任，于右任感激万分，遂来函向李约祉表示谢意，并赠诗两首。可惜诗稿早已遗失，李约祉只记得其中一韵："都门书到诵回环，闻道欢迎白浪庵。"

"送穷诗"体现豁达人生观

李桐轩幼年时性情温和，相貌视之若愚，与村童嬉戏，口不出恶言，足不践虫蚁。成年之后善于辞令，每与友谈，亦庄亦谐，析理至深，听者不倦。他有记日记的习惯，多写乡村平淡之事，以明是非为要旨，文风崇尚纪晓岚，不喜欢考据，而注重眼前实际。诗文虽多，但常常写完便扔掉，李仪祉曾四处搜求，仅找到几篇残稿。其中有一首"送穷诗"，很有意思。现录于此：

恶穷送穷穷不去，去到何方能免恶？
作穷穷人转自穷，何苦往来人间世？
莫怪送穷穷不去，去我适人心已误。
不如不送由他穷，穷到十分便自在。

农历正月初五，民间有"送穷"的习俗，李桐轩先以韩愈送穷之文为子弟讲授，再作了这首"送穷诗"。"不如不送由他穷，穷到十分便自在"，如此豁达的人生观令人钦佩。

1900年关中大旱，李桐轩家中尚存有粮食，他拿出来分给贫苦村民，自家用糠秕、树叶和着谷子一起吃，艰难度日。那年义和团日趋活跃，人心惶惶，他给村民讲世界及中国时势，让大家不要惊慌，免生事端。

教育是李桐轩一直以来心心念念的大事，他认为家庭教育由母亲开始。他自编课本，皆用乡间俚语，其文字以家庭及农间切实应用为宜，先要让妇女略识文字，其次提高地位，明其教育，他常说，"妇女不好虚饰，则可以为良母矣"，他注重性情陶冶，不以宋儒"饿死事小，失节事大"为然。这样开明的教育方法，使乡里风气一新，所以蒲城东乡妇女不缠足之风，较之他处，开放最早。

李桐轩修订《蒲城县志》时，改变先前惯例，注重山川、地理、物产、风土、气候、民俗等方面，反对轻彰节烈，而推重革命豪侠。他继承司马迁写史的特点，为有革命义气的"刀客"立传。稿成，县令李体仁以为悖逆，另派他人改写。李桐轩始居家，开辟一园，培植果木，并筑三窑，隐栖其中，但并非忘世，实在是不能报效国家的无奈之举。题扇画诗中可见："利薮名场嚣且尘，频阳野老自闲身。为愁霖雨苍生事，池上殷勤养细鳞。"

莲舌居士

"莲舌居士"是李桐轩的号,很多人误以为这是先生晚年学佛,遂取此号。其实不然,李仪祉在《南园忆胜》中说道:"莲舌居士之号,盖早已有之,非于其晚年好佛时始也。"李仪祉说,他刚认字的时候,便看到父亲在新年灯笼上题字,已用此号。

李桐轩晚年作《莲舌居士传》,称"居士除旧布新,时代人也。吐舌并作三瓣,出唇外寸许如莲状,因以为号。淡泊恬退,不喜俗持……"

李仪祉担任华北水利委员会委员长之职时,将父亲接到北平,在此期间,李桐轩潜心研究佛法,以人民劫难太深,向佛祈请,愿舍一身以减众生之罪。那时他的身体出了问题,他常说:我不怕死,只是我的志向还未

李仪祉

达成。所谓未竟之志，即他的著作数卷尚未完成。其着力方向，仍在民间教育。他自感时日无多，于是抱病而起，每天书写不倦，感到力气不济时，便向佛祈祷，请求延些时日，以完成其愿。有时精神大振，眼力亦强，缮写小字，工整不苟。

这部最后的作品名为《民兴集》，取"经正则庶民兴，庶民兴斯无邪慝矣"之义。全书分为《民兴文集》及《民兴行集》，文集教人如何识字通文，方法皆自创。行集则分为《法编》和《戒编》，皆为教育儿童之真言。《法编》写一个人如何教育自己的孩子，从出生到长大成人，每一个阶段，每一个细节，怎样智慧的处理，才能使孩子成为一个身体健康，人格健全，身心快乐的人。《戒编》总结了27种养成孩子恶习的原因，比如："养成懒惰恶习""养成轻视父母恶习""养成说谎恶习"等，每一种都由一个或几个故事来呈现，说明家庭教育的重要性。

《民兴集》终于写完了，李桐轩遂卧床不起。当时李仪祉任国府救济水灾委员会总工程师，收到家中急电，即请假归里。李桐轩见到儿子，悲喜交集，既而后悔道："儿女之情，久已忘怀，何复出于不自禁，甚矣魔障之难祛也。"自此以后，恢复怡然之态，卧床三月，始终无烦恼状。

1932年2月，李桐轩病危，但其神志清明，口中喃喃念着一首诗："不做还家万里梦，浑忘为客五更愁。辞别亲朋无一字，接引老病有孤舟。"他嘱咐儿子好好工作，又嘱家人不要哭泣，只须念佛。

李仪祉说，父亲走的那一年，泾惠渠建成，江堤告竣他即大病，几濒于死。这是他对父亲最大的纪念。

（本章图片由李峒先生提供）

最是骊山风月好,青梅煮酒话短长

——孙仁玉往事

许翠莲来好羞惭，悔不该在门外做针线。相公进门有人见，难免得背后说闲言。又说长来又道短，谁能与我辩屈冤。这才是手不逗红红自染，蚕作茧儿自己拴。无奈了我把相公怨……

孙仁玉（1873—1934）陕西临潼雨金镇人，秦腔剧作家、易俗社创始人

　　这是《柜中缘》的经典唱段。一句"许翠莲来好羞惭"，穿越岁月长河，历久而弥新，正如许翠莲手中的线，串起一代代伶人与观众的情缘。王天民、肖若兰、全巧民……他们因许翠莲为观众熟知，在舞台上大放异彩。1934年8月，《柜中缘》的作者孙仁玉与世长辞，在先生弥留之际，人称"西京梅兰芳"的王天民坐在先生床前，泣不成声，"孙先生，是您的戏唱红了我啊！"

　　《柜中缘》创作于1915年，如今一百多年过去，这部戏仍盛演不衰，并由秦腔发端，开枝散叶，京剧、评剧、川剧、河北梆子、山西梆子等，各个剧种的舞台上都活跃着一个许翠莲。这就是经典，有着穿越时空的魔力。

　　2019年5月8日，因为写这部书的缘故，我去拜访孙仁玉先生的嫡孙孙永宽，老人家78岁了，谈起祖父的往事依然激动不已。他取出珍藏的部分剧作手稿，颤颤巍巍翻开给我看，"这是《柜中缘》，这是《看女》，这是《秋莲传》，这是《白云阁》……"手稿打上了时光的烙印，纸张泛黄、变脆，但字迹清晰可辨，蝇头小楷，俊逸清朗。《柜中缘》只有薄薄的十几页，老先生说，这些手稿传下来不容易，

扫码听戏

"文革"中红卫兵抄家,他们将《柜中缘》的手稿藏在孙仁玉长孙孙永健的枕头里,"因为我大哥患有肺结核,谁也不愿进一个病人的卧室,更别说翻他的枕头了,若不是如此,就这十几页,估计也保存不下来呀!"谈及此,老人唏嘘不已。

好在,"许翠莲来好羞惭"这段戏文没有被损毁,我得以一观它的原貌。最初孙仁玉写的是,"哎,好晦气也……恨我年轻少点检",之后又将这行圈去,改为"哎,好羞惭也……不该在门前做针线",便是我们今天听到的版本,以后多年虽然个别字句有改动,但基本遵循孙仁玉的原稿。翻看这些斑驳的手稿,很多处都经过圈划修改,边框内写不下了,便在框外用细密的小楷写就,一字字,一行行,一丝不苟。孙仁玉是易俗社最高产的编剧,孙先生一生到底写了多少部剧本?据考证,有文字记载的剧目共177个,其中本戏36个,最近又有5部被发现,其他遗失的无法计数。这么算下来,平均每年写8部戏。孙先生的戏剧创作之路是和易俗社的创立同时起步的,他在教书育人,管理社里事务的同时,笔耕不辍,一直写到了生命最后一刻。

❋❋❋　❋❋❋

从"师祖"到"仁玉"

孙仁玉幼年并不叫"仁玉",而叫"师祖",是他四爷给取的。这个名字气派大,按照农村的说法,有点"压不住"。

小师祖长到四岁,虽然家境贫苦,但一家人在一起其乐融融,生活还算过得去。那是1876年大年三十的晚上,小师祖的母亲汤氏在灶房忙碌着,身体显得很笨拙,其时,第二个孩子在她腹中孕育,就要瓜熟蒂落了。一家人吃了团年饭,汤氏将小师祖的新衣服从箱子里取出,放在炕头。望着睡熟的儿子,汤氏满心欢喜。

半夜，汤氏的肚子一阵阵绞痛，她意识到，恐怕要早产了。俗话说，"紧病慢大夫"，倒不是说大夫有多慢，只不过病人求医心切，显得大夫慢了。大年三十的晚上，欢闹了大半夜的人们刚刚入睡，谁能体会小师祖父亲的心情呢。在接生婆家门口敲了半天门，才将接生婆请了出来，赶到家时，一切都晚了。可怜小师祖还在睡梦中，却再也见不到妈妈了。

刚刚有了些生机的日子又败落下来，苦熬了几年，小师祖8岁了，别的孩子都进了学堂，他还在野地里游荡。那时雨金镇素有戏窝子之称，常有戏班子来唱戏，小师祖边听边学唱，竟记住了不少戏文。戏班师傅看这孩子聪颖，更乐于教他，一来二去，小师祖唱得入板入调。他自己高兴，却急坏了四爷，担心师祖沦为"戏子"。想来想去，必须送师祖入学，彻底断了他的念想。命运就是这么出其不意，谁能料到，30多年后，孙师祖成了孙仁玉，心甘情愿与"戏子"为伍，与秦腔结下了一辈子的情缘。

1882年，10岁的师祖终于进了私塾，师从王大典，时年王先生已72岁高龄。师祖知道自己入学晚，所以格外用功，每天曦色未明窗，便入堂朗读，中午吃些干馍馍，喝点开水，晚上回到家不敢费灯油，常借月光夜读。他成人后眼睛深度近视，就是那时候熬出来的。师祖入学不久，这个衣衫破旧，少言寡语的学生就引起了王大典的注意，认定这是个可塑之才。于是，王先生为他取了学名——孙瑗，表字仁玉。

不饿先生

王大典老先生是个有趣之人，以75岁高龄进京赶考，据说是中了某些乡绅子弟的激将法。放榜之日，得中正八品学正，虽然是个芝麻小官，又要远赴葭州（今陕北佳县）上任，可老先生性情爽直，觉得背井离乡算不上什么大事，唯一放心不下的是孙仁玉，"如果我走了，这孩子必因家境所迫而荒废学业，岂非我的过错吗？"老先生思来想去，罢了罢了，带他一起赴任吧。

易俗大先生

孙仁玉随先生到葭州后,真真如鱼得水,学业大进。不成想一年之后接到家书,父亲病重。当他日夜兼程赶到家里时,父亲已经去世了。16岁的孙仁玉成了孤儿。埋葬了父亲,孙仁玉本想回葭州跟王先生继续读书,但看着后娘带着俩孩子,孤苦伶仃,实在于心不忍。只好留下来,一边种地,一边自学。日复一日的劳作,讨债者的打扰,常常让孙仁玉筋疲力尽,晚上上了床就不想动了,更何谈读书呢?孙仁玉为此心焦不已。后来终于想了个办法,每晚临睡前多喝水,到半夜人就憋醒了,如此过了十天半月,习惯成自然,读书到天明,接着下地干活。

半年后,西安府开考秀才,孙仁玉背着馍布袋,步行到三原应考。放榜之日,报录人登门报喜,孙仁玉高中当年临潼第一秀才。孙仁玉哭了,他没想到,自己荒废学业半年之久还能考中本县第一。他想起了故去的父母,想起了恩师……

到年底,县学岁考,孙仁玉又一举考取了廪生,终于成了吃公家粮的孙先生。雨金地界有一大户人家姓傅,人称傅家,户主傅万积是泾阳县安吴寡妇家的大总管。傅老先生有意在自家祠堂办私塾,苦于聘不到称心的先生,于是张贴告示公开聘师。一时应者如云,孙仁玉征得恩师王大典同意,也去应聘,其间从容应对,被聘为先生。仁玉当场作诗一首:

少年燃烛非夙愿,

只因途穷道生寒。

骄阳昼借下学海,

明灯夜伴上书山。

入私塾教书,生活自然有了保障,但最令孙仁玉欢喜的是,傅家藏书楼藏书万卷,经史子集无一不有,孙仁玉从此便一头扎进书海,常常因读书而忘记了吃饭。傅家老太太打趣说:我们家来了个"不饿先生"。

一晃三年过去了,王大典老先生从葭州回归故里,对仁玉的长进大为惊叹。他看着爱徒,说:"不错不错,士别三日当刮目相看!我就是明儿死了，心也能放下了。"

1894年，84岁的王老先生作古了。孙仁玉跪在床前，泪如泉涌，往事一幕幕涌上心头，"没有您老人家，哪有我孙仁玉啊！"

初识雨农

陈雨农是易俗社的教练。过去传统的戏班子是没有专职教练的，只有班主，班主身兼多职，基本上就是包办一切的大家长。易俗社是新型艺术团体，职责分明，在创办初期，就聘请了当时有一定影响力的民间秦腔艺人做教练，即导演。而陈雨农就是其中的佼佼者，他能够舍弃自己领导的戏班，加盟易俗社，与孙仁玉有着密切的关系。

那还是1895年，戏班子"魁盛班"在临潼一带演得正红火。傅家老太太过80大寿，便请来"魁盛班"在家门口搭台子唱戏。孙仁玉是傅家的私塾先生，自然要好好地看几场，况且他对秦腔一直很感兴趣，他想起小时候在村头看戏、学戏，要不是四爷拦着，恐怕如今他也是台子上的一员了。台上正在演出传统折子戏《走雪》，很快，孙仁玉被一位旦角的表演吸引住了，这旦娃不过十四五岁，虽然身段稍显稚嫩，却朴实自然，反倒衬托出闺阁女子的娇态可掬。演罢，傅家设宴招待，席间免不了对刚才的演出作些评点，孙仁玉说起戏里的曹玉莲，才知扮演者叫德娃。坐在邻桌的德娃凑过来，请孙先生指教，孙仁玉说，要演好剧中的人物，需用心揣摩她的身世、处境，还有性情的变化和前后连贯。德娃听得入迷，对这位孙先生钦佩不已。

忙罢过后，"魁盛班"搬到了雨金镇东关。德娃便常常到孙仁玉那里听他讲书。有一次，德娃说："先生，我不喜欢现在的名字，您帮我起一个吧。"孙仁玉问："你的学名叫什么？"德娃说："我姓陈，大名嘉训，这名字听着怪古板的。"孙仁玉想了想，说："叫雨农怎么样？让你的戏像春雨滋润禾苗一样，去滋润农人的心吧。"德娃高兴极了，"雨农，陈雨农！好！

我喜欢这个名字。"

孙仁玉看着雨农开心的样子,感慨万千。想当年,恩师王大典给自己赐名"仁玉",如今,他也能为别人取名了。

1912年,陈雨农解散自己的玉庆班,加盟易俗社,还带来了戏班的所有家当。这一举动在行内炸开了锅,只有孙仁玉知道,百川归海,陈雨农这条河流迟早要汇入易俗社的大海。

三十而立

《论语》有云:三十而立。孙仁玉10岁开蒙,而志于学,30岁这一年,发生了很多事,可谓悲喜交集。

是年夏秋之交,孙仁玉失去了自己的第一个儿子。当时他因参加县府举办的算学讲习班,便将7岁的儿子傅华送去岳父家照管,万没想到,小傅华骑马时意外跌落受伤,回家后的第三天便夭折了。

秋天恢复科举,孙仁玉强忍丧子之痛,赴省城应试,考中庚子辛丑恩正并科第48名举人。消息传来,雨金镇一片欢腾,乡人蜂拥至十里之外的南屯渡口,迎接孙举人荣归故里。时近中午,河面上一条船缓缓驶来,有人喊:"举人回来了!"孙仁玉披红挂彩站在船头。霎时间,锣鼓声、鞭炮声一齐响起来,把孙仁玉惊了个目瞪口呆,随之而来的却是止不住的泪水。上了岸,孙仁玉对着迎接他的乡亲们磕了三个头,这才被大伙簇拥着回了村子。按惯例,中举后颁赐360两铺堂银,仁玉除答谢乡亲外,又为四爷和自家翻修了宅院,两家修的一模一样,同是中等四合院。

虽然中了举人,但孙仁玉无意于仕途,他一直以来倾心教育,想改变农村愚昧的状况。那一年,陕西教育界发生了一件大事,味经、崇实、宏道三家书院合并,成立陕西宏道高等学堂,位于三原县城。孙仁玉受聘为宏道学堂史地教员,并任职斋务长。

如果说之前孙仁玉对戏曲的喜爱还略显懵懂,而从宏道学堂始,他的目标渐渐清晰起来，那就是，通过老百姓喜闻乐见的戏曲，来达到教育启迪的目的。他曾对同窗好友冯孝伯说过："为什么我对戏文感兴趣？爱就爱它是读书人写的，却能让不识字的人听懂、看懂，这是《朱子集注》无法比拟的。"心思已定，孙仁玉白天教书，晚上钻研元曲、宋词、明传奇，而他的周围也渐渐聚集了一批志同道合的人，范紫东、李约祉、李仪祉、于右任，他们是孙仁玉在宏道高等学堂的学生，亦是惺惺相惜的朋友。多年以后，他们将以一个集体的面貌出现，在中国戏剧史上划下浓墨重彩的一笔。

易俗初创

念念不忘，必有回响。以戏曲启迪民智的种子在孙仁玉心中扎下了根，只需阳光雨露便会破土而出。现在，时机终于成熟了。在辛亥革命的感召下，全国知识分子掀起了文艺改良运动的热潮，身在西安的孙仁玉被一股莫名的力量激动着，此时，他遇到了李桐轩。

李桐轩比孙仁玉大13岁。1912年，民国政府领导下的陕西都督府成立修史局，李桐轩任总编纂，孙仁玉任修纂，主要工作是编纂革命史志。其时，孙仁玉在省一中、省女子师范担任史地教员，修纂是兼职，也是兴趣所在。他和李桐轩同为同盟会会员，志同道合，在修史之余，常探讨"改良社会事"，认为"人民知识闭塞，国家无进步之希望"，要改变这种现状，唯有普及教育。据民国二十年刊印的《陕西易俗社简明报告书》记载，一次孙李二人谈及普及教育之事，孙仁玉提出"拟组新戏曲社，编演新戏曲，改造新社会"，李桐轩说："这也是我一直以来的志向。"遂由孙仁玉草拟章程，李桐轩修订，初定社名为"易俗伶学社"。

孙仁玉在《易俗伶学社缘起简章》中阐明了办社的初衷：

> 同人忧之，急谋教育之普及。以为学堂仅及于青年，而不及于老壮；报章仅及于识字者，而不及于不识字者；演说仅及于邑聚少数之人，而不及于多数。声满天下，遍达于妇孺之耳鼓眼帘，

1914年元月1日，易俗社全体合影，第二排左八为孙仁玉先生

而有兴致、有趣味,印诸脑海最深者,其惟戏剧乎。戏剧之于社会,为施教育之天然机关……

1912年8月13日,易俗伶学社在省议会礼堂举行成立大会,孙仁玉被选为评议兼编辑。易俗社成立初期,既无经费又无活动场所,孙仁玉四处奔波,在"日新成"商号借银700两,作为开办费,又在土地庙十字租房一院,为事务所。

首写时装戏

孙仁玉为易俗社写的第一部戏是《新女子顶嘴》,这是秦腔的首部时装戏,提倡女子放足。戏中描写一个农村少女,受到新思想的影响,抗议父母的缠足之命,由此引起一场家庭冲突。1913年元旦,易俗社在城隍庙戏楼举行首场公演,盛况空前。孙仁玉亲上舞台讲演:

> 既是女子,何有新旧之分?要知旧和新相去甚远,书上"人唯求旧"那句话,就觉着不大稳妥。旧日那女子也和她妈顶嘴呢,不过是嫌不给她买粉、买花。这"旧"字可作"黑暗"二字解。如今这个新女子则不然,人既新了,顶嘴都和那旧女子不一样,她顶的是,她妈和那个老顽固先生说放脚不对。这"新"字可作"文明"讲。

当易俗社的第一班学生列队走进会场,军乐队演奏进行曲,全场轰动。这些戏娃子身穿一色制服,胸前佩戴社徽,仪容整齐,大家哪见过这样崭新面貌的唱戏的,西安的哪个旧戏班又有过这样的待遇呢!首场演出震动政界,陕西都督张凤翙令教育司一年内每月拨银300两,予以补助,社会各界捐银者络绎不绝。

易俗社的运转慢慢走上正轨,孙仁玉便将主要精力投入到编新剧上,因为同时在学校教书的缘故,他的很多戏都是在路上构思的。孙仁玉的女儿孙明回忆:"父亲每天天不亮就起床,吃点早饭,带上馍,提上镜镜灯(四面玻璃,中间一小方形菜油壶的灯),步行到学校上课。走在路上,脑子还不休息,构思新戏的主题、情节、唱词等,因为太过专注,往往不自觉地比比画画,嘴里小声唱着、说着,想到高兴处便独自发笑,有时又满脸怒容,引得路人常好奇地看他,以为他神经不正常。后来知道这是写《柜中缘》《三回头》的编剧,大家便见怪不怪了。上完课从学校回来,父亲仍是边走边想,曾多次走过家门而不觉,直到被前面的庙宇挡住去路,才猛然回过神来。"

寒冷的冬夜,孙仁玉在炕上放一小方桌,点上菜油灯,就这样不停地写呀,看呀,他有高度近视,眼睛几乎贴在纸上书上。墨冻了,放在炕上暖一暖;笔冻了,用嘴哈哈气;手冷了,搓一搓。

易俗社的宗旨是"移风易俗",孙仁玉针对当时的社会情况和风俗习惯,编写社会剧和家庭剧,他在省女子师范教书,深感社会对于女性的不平等,《新女子顶嘴》便是在这样的思考中孕育而生。1915年,他在《秋莲传》的开场白中,明确提出"生男勿喜女勿忧,有时英雄出女流"。在易俗社成立的第一年,孙仁玉就写出了十多部戏,每月都有他的新戏上演。在1929年出版的《陕西易俗社第二次报告书》中,这样评价孙仁玉:

> 孙仁玉对社,异常热心,每遇棘手事件,各方奔走,委曲求全,为吾社最重要职员之一,而且编辑戏曲,始终不懈,脚本之多,允推第一。

梅子青青

《新女子顶嘴》的公演为易俗社赢得开门红,而令孙仁玉更为高兴的是,他力主留下的学生刘箴俗表现不凡,把个受母亲宠爱不愿缠足的小姑娘演

左起第一排：王文华、王天民、康顿易；第二排：陈雨农、孙仁玉、杨实易、胡文卿；后排：刘迪民、耿善民、张镇中（摄于1930年）

得惟妙惟肖。"再好的剧本没有好演员演也是白搭,这孩子才11岁,假以时日必成大器。"孙仁玉不由得想起初见刘箴俗的情形。

易俗社成立后,招生工作也随之启动。虽然对外宣告是新型剧社,但在多数人眼里终究还是"戏子",来报名的不少,条件好的却不多,贫寒人家送孩子过来只是想学个吃饭的手艺。这一天,孙仁玉从学校回事务所,刚走到门口,见一个中年汉子领着个小男孩往出走,这孩子面黄肌瘦,头生黄疮,一边走一边抹泪。孙仁玉上前问:"娃呀,你哭啥?"男孩的父亲说:"娃想学戏,人家先生嫌娃脏,不收么。"孙仁玉拉过孩子细细打量,觉得眉目清秀,是个学旦角的材料。于是说:"娃呀,你跟我进去。"进了评议室,孙仁玉对主持招生的薛卜五说:"这个娃条件不错,我看是'小翠喜'之流,收下吧。"小翠喜是光绪年间京梆子的名角。考官们听孙先生这么说,遂收下。这个小男孩叫平儿,也就是后来大红大紫的刘箴俗。

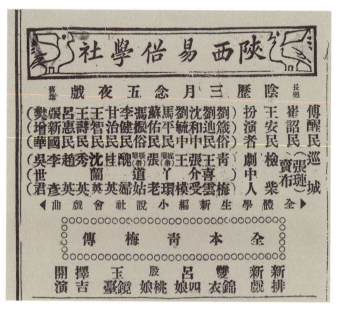

1921年在汉口演出《青梅传》的戏报

刘箴俗首次亮相后,孙仁玉便琢磨着为他量身打造一部本戏,几经斟酌,他决定以《聊斋志异》中"青梅"的故事为蓝本,写一出大戏。

蒲松龄笔下的青梅,原是狐女与凡人所生,先天聪慧,尤其擅识人。城里有个叫张介受的书生,家境贫寒,租了王进士的房子居住。有一回青梅偶然到张介受家,看见张生坐在屋外的石头上,正喝米糠粥,她进屋和张母说话,却见桌子上摆着荤食。当时张翁卧病在床,张生进屋抱着父亲小便,尿液沾了张生的衣服,父亲觉察后羞愧不已,而张生却掩盖着脏处,急忙出屋自己洗净,唯恐父亲不安。

这两件事让青梅大为惊喜,认定张生是个理想的夫君,回来后便对小姐阿喜说:"咱家的房客,是个不同寻常之人,你若想得好夫君,张生就是合适人选。"阿喜怕跟了张生受穷让人耻笑。青梅说:"我自以为能为天下士人看相,绝不会出错的,他日张生必成大器。"阿喜被青梅说动了心,无奈父母嫌贫爱富,断然拒绝了青梅的好意。想这位王进士真是目光短浅,还不如一个十几岁的丫鬟。

《聊斋志异》为孙仁玉提供了很好的蓝本,他将怪力乱神的部分舍去,将青梅塑造成一位冲破封建牢笼勇敢追求爱情的奇女子。青梅倾慕张生,但碍于婢女身份不敢表白,小姐阿喜和她情同姐妹,她便鼓励小姐嫁于张生,是为有情有义;当撮合无望,便主动向小姐表明心迹,让其帮她周旋,是为有礼有节。青梅深知自己的命运,将来不是被老爷收房,便是卖给下人做妻,一辈子当奴婢。决心已定,她果断跑到张生的房间,大胆表白,两人遂许终身。

孙仁玉苦熬一月,《青梅传》写成,很快投入排练。1914年10月,《青梅传》首演,一炮打响,轰动古城,创易俗社成立以来最高上座率。有诗赞箴俗:"只因一曲《青梅传》,到处逢人说嗜刘。"

在戏里,青梅有一段道白:"我青梅上无父母,下无兄弟,我不自己主持,谁人替我料理?"当13岁的刘箴俗用稚嫩的声音讲出这句话,台下先是沉默,接着掌声雷动,经久不息。这是青梅的心声,更是天下女子的心声。100年前,孙仁玉写下此剧,可谓追求人性解放的宣言。

《柜中缘》奇遇

孙仁玉最有名的戏是《柜中缘》,自1915年由易俗社首演之后,100年来一直活跃在戏剧舞台,并被许多剧种移植演出。这部戏的创作源头是孙仁玉的亲身经历。

清光绪三十二年春,这一天,孙仁玉陪妻子胡润芝回娘家探亲,刚进胡家大门就被村人围住了,原来胡家出了件蹊跷事:不知是什么人在头天夜里把一具无名尸首搬到了胡润芝堂弟的家门口。这可是人命关天的大事,众人急报官府。润芝的这位堂弟见官家来人,以为要拿他拷问,竟吓得先跑掉了。孙仁玉了解情况后哭笑不得,"既然不是你干的,干嘛要跑,这不是落个畏罪潜逃的名声吗?"

不久,案件真相大白,移尸者也非真凶,只因过去的嫌隙,借尸向胡家报复而已。堂弟回来了,孙仁玉打趣道:"你跑得倒快,不知你躲在哪里,差人竟找不到?"年轻的堂弟脸红了,小声说:"在箱子里。"

孙仁玉有了兴趣,堂弟说,他跑过几个村庄,看见有人追赶,便慌不择路闯进一户人家。这家屋里只一位姑娘在,他说他被人冤枉了,请姑娘发发慈悲,暂且让他躲一躲。于是姑娘将他藏进了箱子里……

这一段奇遇还有后话,堂弟和那姑娘因此相识,结下了一桩美满的姻缘。

这件事太有戏剧性了,孙仁玉曾跟不少人讲过,他的学生范紫东后来写《软玉屏》,就用了移尸栽赃的桥段。而直接促使孙仁玉以此为原型写一个剧本,却是几年后的另一件事。

孙仁玉有个学生名叫李可亭,民国建元后,一直在陕西督军府供职。袁世凯掌权后,极力打击革命党人,孙仁玉的许多好友和学生被迫离开政界或逃往外地,李可亭是陕西反袁斗争的干将之一,也遭到陷害和追捕。一天深夜,孙仁玉正在寓所写作,忽听轻轻叩门之声,打开房门一看,正是连日来

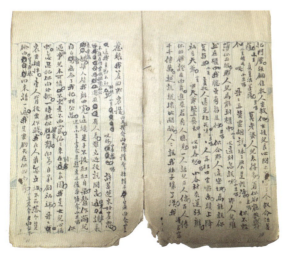

① ——
②

①王天民、汤涤俗演出《柜中缘》
②孙仁玉《柜中缘》手稿

他一直为之担心的学生李可亭。李可亭说,他幸得同志暗通消息,才得以逃脱,今晚过来是想跟先生商量下一步的去向。孙仁玉说:"城里绝不可久待,还是去乡下为好!到三原、富平、泾阳一带都可,那里基本上是陕西辛亥党人的地方,有你的熟人,也有我的同窗、同事,人都绝对可靠。"孙仁玉连夜写信数封,让李可亭带上,商量明天一早,送学生出城。

一切安排妥当后,孙仁玉心潮起伏,久久无法入睡,李可亭四处奔逃藏身的遭遇,让他想起多年前陪妻回娘家亲历的那场乌龙事件,堂弟为避祸,躲在人家姑娘的箱子里。现在回想,那位乡下姑娘多么勇敢和可爱啊。一股强烈的创作冲动激荡着他……

送走李可亭的当晚,孙仁玉便开始了剧本的写作。他把故事发生的时代背景设计在南宋,剧中的许翠莲,是以搭救胡家公子的那位姑娘为基础,剧中的李映南,是胡家公子和李可亭形象的综合。"戏不够,丑来凑",还应该有个爱捣蛋的小丑,加在许翠莲和李映南之间制造误会,插科打诨,就叫他"淘气"吧。孙仁玉越想越兴奋,给这出戏起个什么名字呢?那口藏人的箱子是"戏眼",干脆就叫《箱中缘》。写作过程中,孙仁玉觉得箱子没有缝隙,进出不方便,而柜子稍稍拉开一条缝,就闷不死人,外人也不易察觉,在舞台处理上更自然。于是,"箱子"变成"柜子",戏名也就由《箱中缘》改为《柜中缘》了。

以诗词入戏

秦腔的唱句多为七字、十字,好处是句式整齐,朗朗上口,但在表现细腻复杂的情感上,显得单调和程式化,孙仁玉很早就意识到这个问题,他在和陈雨农、党甘亭等教练反复研究后,大胆突破原有句式,独创出类似宋词的长短不一的唱句,丰富了人物情感,增添了剧作的文学性。经过舞台实践,获得了观众的认可。

孙仁玉1919年写《若耶溪》,其中西施有一段唱词:

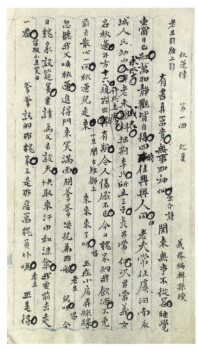 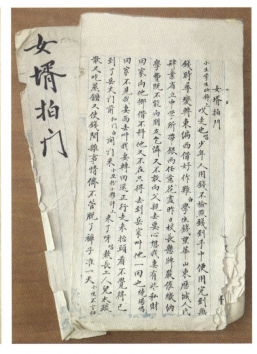

孙仁玉《秋莲传》手稿　　孙仁玉《女婿拍门》手稿

一叶儿舟，一叶儿舟，
一叶儿扁舟自在流。
渔女儿，坐船头，
渔老儿，垂钓钩。
鸥不知人，人不知鸥，
世外桃源多自由。
胜如我，
拘在茅庐，织纺不休，
没爹没娘，多病多愁，
无雪常教梅花瘦。

孙仁玉自书名片

若耶溪今名平水江，相传是西施浣纱之地，后逐渐演变为词牌"浣溪沙"。历代文人雅士对若耶溪皆怀有一份惆怅之情，孙仁玉以宋词入戏，也颇为贴切。

《昆阳战》"闺怨"一场，阴丽华唱道：

莺儿黄，莺儿黄，
莺儿惊起梦黄梁。
你不能和我一般样，
谁教你，嗡儿嗡儿，飞到杨柳枝儿上，
聒的人，心情儿惶惶，泪珠儿汪汪。
哪呀啊哈，咿呀啊哈，
梦不到昆阳，梦不到昆阳！

这段唱词多像唐朝诗人金昌绪写的《春怨》：打起黄莺儿，莫教枝上啼。啼时惊妾梦，不得到辽西。同是妻子思念远征的丈夫，一为戏，一为诗，缠绵悱恻，婉转动人，有异曲同工之妙。

君子风范

孙仁玉自幼受儒家传统文化的熏染，重义轻利，不计较个人得失。据他的女儿孙明回忆，1925年，李虎臣任陕西督军，常到易俗社看戏，见孙仁玉衣着简朴，又因同乡关系，欲委任他以禁烟局局长之职。这在当时的官场中是人人瞩目的"肥缺"，但孙仁玉几次以自己能力不足婉拒，一直拖了三个多月。李虎臣见孙仁玉坚决请辞，才另委他人。一些亲朋知道了这件事,很不理解,说他"放着官不当,倒愿意过穷日子"。孙仁玉说:"我编戏教书,对社会尚有些益处,一生但求无愧于心,生活平淡点没什么。"

对自己苛刻的孙仁玉,面对旁人的困境,却常常出手相助。1914年,白朗西征陕甘,易俗社被迫停演,社里事务停顿,无力维持,不得不暂时遣散学生,每人仅发路费铜钱二百文,学生们嫌少,不愿走。孙仁玉于心不忍,自己掏钱给了几个家境特别贫寒的学生,又好言劝解一番,孩子们才依依不舍地走了。

西安榛苓社的演员张秀民,最初行当是须生,久练不成,被社里辞退。在彷徨无助之时,一次偶然的机会对孙仁玉说起,孙仁玉将其端详一番,又让说几句念白,之后感叹:"你本是旦角材料,怎么能唱须生呢!难怪练不成。"遂将张秀民收到易俗社,改习青衣,果然唱演俱佳,不几年,便成为易俗社的当家正旦。

1917年,孙仁玉任易俗社社长。这一年西安城又起战事,靖国军护法讨陈(陈树藩),西安警备军统领耿直率部在城内起事,发生了著名的"耿直打炮"事件。战事骤起,学校停课,剧场停演。偌大的易俗社,整月分文不进,一二百人等米下锅,到了年底,欠下一千多缗外债。孙仁玉从家里搬到事务所,和所有职工、学生日夜在一起,即使不能演出,教学和排练不能停。他在全员大会上说:"有我孙仁玉在,决不叫各位饿死,也决不会把易俗社解散!"

城内炮声稍歇,孙仁玉便组织学员坚持午场演出,但座位尽被城内官兵占去,每日收入甚微。孙仁玉决定,上至社长下至学生,月薪减半,同时严把收入、支出各关口,一是监督票房,严禁任何人以任何名义提取免费券;二是食堂发了多少面,蒸了多少馍,他均有记录,防止有人多拿多占,搞特殊化。有一次,炊事员悄悄给孙仁玉碗里多放了一个馍,孙仁玉端着自己的碗,把大家召集起来,说:"大师傅怕我身体垮了,给我多分了一个馍,师傅的好心,仁玉心领了,可我不止一次地跟各位说过,我们有

① 秦腔名丑马平民演出《看女》
② 孙仁玉剧本出版物

苦同受,有难同当,我不能自食其言。"遂将多出的馍还给食堂。这件事令大家颇为震动,也感佩孙仁玉社长的苦心。元宵节过后,社里事务逐渐恢复正常,孙仁玉又租来骡马市的药材会馆,搭台分班演出,收入一日胜似一日,到了六七月间,补发了年前所欠月薪,难关初渡。

甲班学生的礼物

西安兵变平息之后,易俗社的演出重上轨道,又经过两三年苦苦经营,到了1920年,甲班学生的表演日臻成熟,易俗社创作和改编的新剧目达200余部,其中孙仁玉一人占了66部之多,社会上对这个新剧社的关注前所未有。孙仁玉觉得,易俗社最好的时代就要到来了。彼时他因在几所学校代课分身乏术,便辞去了社长职务,经评议会研究,他仍担任名誉社长。

在一次评议会上,孙仁玉和李桐轩主张去外地巡回演出。西安市面狭小,收入有限,长此以往恐无法维系,且拘于一地,故步自封,在艺术上鲜有进步。孙仁玉还一再强调,易俗宗旨,不分区域,将来的发展不特易本国之俗,应该走出去,去易东西各国之俗,方能达到最初命名之目的。提议一出,社员遂分"出发"和"不出发"两派,不赞成者认为,易俗社在西安地利人和,多有社会人士帮助,尚且经营困难,时有亏空,去外地人地两生,恐劳而无益,而且学生易染恶习,不能易俗,反被俗易,殊为不值。两方争论激烈,相持不下。

当时,《大公报》主笔张季鸾从上海回西安探亲,他是时任社长李约祉的妻兄,也是孙仁玉在宏道书院任教时的得意门生。学生拜会老师,老师请学生看戏,这一看不要紧,张季鸾大为激动,说这么好的戏为什么不去外地演呢?孙仁玉说,正有此意。张季鸾建议去上海,孙仁玉却以为上海不如汉口,上海虽繁华,但地处沿海,社会情况复杂,离西安又远;而汉口地处腹地,水陆四通八达,南北商贾多在这里汇集,市场繁荣,有利于业务的拓展。与李桐轩达成一致,孙仁玉极力对甲班学生进行宣讲,这些

易俗大先生

学生来社八九年，年龄多在20岁左右，有的娶妻生子，担起家庭重担，自然愿意多赚一点儿。学生受到鼓舞，联名上书请愿，在第二次评议会上，赴汉口演出的决议得到多数赞成而通过。李约祉和陈雨农先行赴汉口考察。

1921年3月25日，易俗社甲班学生在唐虎臣、赵杰民两位教练的带领下，浩浩荡荡向汉口进发，在那里演出长达一年半之久。从开始的鲜为人知，到后期场场大卖，赞誉之声从四面八方涌来，旦角刘箴俗、生角沈和中、净角杨育民、须生刘毓中、丑角苏牖民等人，更是获得了极大的肯定，品评文章见诸报端，街谈巷议皆易俗。

彼时，孙仁玉因公赴上海等地考察教育，归来时特意在汉口停留，看望所有的演职人员。这些初出茅庐的学生，感念孙先生力主南下赴汉，他们才有了今天的荣光。于是自发地买了两件礼物，送给孙先生。一件是铜制水烟袋，一件是暖手炉。这两件物品至今保存在孙仁玉嫡孙孙永宽的手

孙仁玉赴汉口看望演职人员，学生送给孙仁玉的铜暖手炉和铜水烟袋

中。铜制水烟袋上镂刻：孙老夫子惠存——甲班全体学生敬赠。

孙仁玉非常看重这两件礼物，它们是易俗社赴汉口演出的见证，亦是学生对老师的情谊。他一直珍藏着，没想到在他走后的1966年，"文革"初期"破四旧"，徐氏夫人被迫将水烟袋扔进了院内的水井中，直到1986年，孙永宽找人用抽水机将井水抽干，才捞出了祖父的旧物。水烟袋已断成两截，它在黑暗中孤独地躺了20年，终于重见天日。

"围城"危机

1926年春，河南军阀刘镇华在吴佩孚、张作霖的支持下，纠集号称10万的镇嵩军进攻西安，刘镇华围城8个月之久，国民军将领杨虎城、李虎臣率全城军民坚守，时称"二虎守长安"。这艰难的8个月，对易俗社而言是一场生死存亡的考验，孙仁玉在其中发挥了关键作用。

为配合守城，安定民心，易俗社坚持正常演出，六七月间，城内粮食奇缺，中秋节过后已无法继续演出。孙仁玉忧心忡忡，每天奔波于许士庙街的寓所和易俗社之间，由于眼睛深度近视，他便拄着拐杖，顺墙根摸索而行，子弹从北边来，便顺北墙根走，子弹从东边来，便顺东墙根走。一天晚上，他从易俗社往回走，一颗炮弹在离他不远处爆炸，他蜷下身子躲避，等炮声稍歇，才敢走动，回到家时，已经成了一个土人。可第二天一早，他仍坚持去易俗社。

围城月余，孙仁玉去西大街城防司令部找李虎臣，李不在，孙仁玉便向杨虎城的顾问，也是自己的学生李可亭提建议，希望军队能保护老百姓从西门出城逃命。正说着，杨虎城进来了，误以为来了个给刘镇华说情的，当即血气上涌，说："长敌志气，灭我威风，来人！把他拉出去正法！"李可亭忙介绍这是孙仁玉先生，不是奸细，这才解除误会。后来孙仁玉给人讲，他险些吃了杨虎城的"花生豆"。9月，战事吃紧，街道上经常可见被炸死和饿死的平民，城内处于极度困难的状态。为了保护学生安全，易俗社决定将大、小学生分流,大学生(注:高年级学生及毕业学生,全书同)出城投靠亲友,小学生(注:低年级学生,全书同)继续留在社内。孙仁玉再次去面见杨虎城,请求由军队保护大学生出城。杨虎城同意了,并立即做了安排,他又问:"孙先生准备什么时候出城?我好安排人护送。"孙仁玉说:"走不了啊,我还要经管那些小学生,杨司令守到什么时候,我就守到什么时候。"三天后,大学生全部安全出城,社里只留下一班小学生。10月,粮荒越来越严重,守城军队常以屯粮不交为名进百姓家搜粮,好在军队不进学校,孙仁玉便将朋友、学生帮着买来的一点油渣、麸子放在女子师范,一家人也挤在学校居住。其时,一坨油渣已涨到二十四块银圆,全家每人每顿分食一块油渣麸子饼度日,再往后,只能喝点稀糊糊了。学生李可亭看不过去,几次劝说老师带着全家和他一起出城,可安排在周至、户县(今鄠邑区,全书同)一带的守军驻地,孙仁玉不答应,说:"我要一走,易俗社这个摊子就砸了,孩子们只有活活饿死。"

11月28日,围城终于解除了。解围的军队强驻社内,衣箱道具等损失过半,自成立以来保存的剧本遗失十有八九,很多剧本就此绝迹,其中包括孙仁玉的《新女子顶嘴》《道州城》《良心观》《双烈女》《婚姻谈》《中国谈》《王相公要账》《游骊山》等20部。

霍乱之年

在孙仁玉嫡孙孙永宽处,我见到7卷保存完好的《陈修园医书》,每卷本均有孙仁玉亲笔签名。陈修园是清代医学家,在知县任上曾自制方剂救治水灾后罹患疫病的百姓。1932年陕西流行"虎烈拉",死人无以计数,关中一带多有因瘟疫绝户者。孙仁玉自配汤药,每天给易俗社的学生服用,使孩子们安然度过霍乱之年,这与他一直以来钻研医书不无关系。

孙永宽说:"祖父喜欢读医书,通些医理,加之他和陕西名医杨漱基私交很好,在'虎烈拉'刚开始蔓延时,他就和杨先生商量,自制了防疫汤药,用大锅熬,每天饭前服用一碗,他亲自监督,不服药不准吃饭,不但叫学生喝,还把药剂分发给社内人员的家属。"为防止传染源进社,实行封闭管理,要求所有人员一律居住社内,不许私自外出,不准吃食堂以外的任何食物,一切以安全度过瘟疫期为重,该停演就停演,该停止训练就停止训练,一旦发现有染疫迹象,立即隔离治疗。

在霍乱爆发的前一个月,驻防河南信阳的十五路军总指挥马鸿逵邀请易俗社到驻地演出。马鸿逵原是冯玉祥的部下,官兵多为西北人,对秦腔甚是喜爱,易俗社遂派副社长耿古澄带队,率领以王天民为主力的演出队伍赴驻地演出,这是易俗社成立以来的第二次省外远行。演了一个多月,按原计划该返回了,但7月陕西"虎烈拉"骤起,演出队此时回陕必定增加染疫风险。孙仁玉紧急与时任社长的胡文卿商议,调整原定计划,他立即致函耿古澄,让演出队继续东行北进,不要回陕,以避霍乱。

耿古澄接到孙仁玉的来信,率演出队转场郑州,后在河北邯郸,山西阳泉、昔阳等军队驻地巡回演出,为易俗社在豫、冀、晋地区打开了局面,北京也小有舆论。12月,易俗社首演于北京,秦人秦韵,蜚声京华。

最后一部戏

1933年,孙仁玉60岁,他有一个宏伟的构想,写一部反映中国历史朝代兴亡的多本系列戏。这个想法由来已久,只是前些年战事不断,大灾小难接踵而至,易俗社的运营也总是磕磕绊绊,使他无法全身心地投入创作,现在,他觉得不能再等了。

从哪个朝代开始写起呢?商汤以武力灭夏,打破君王永定的说法,从此中国历代王朝皆如此更迭,史称"商汤革命"。孙仁玉决定,就从"商汤革命"写起,将推动中国历史发展的大事件、中国几千年的文明史融进系列作品中,在不远的将来,他将和易俗社一起,带着这部作品巡演全国各地。整整一个月,孙仁玉终日伏案,冥思苦想,他自己并没有意识到,生命的危机正悄悄向他逼近。他的精力大不如前，常常头晕目眩，妻子劝他歇一歇别写了，他不听，实在扛不住了就歇个一日半日，接着再写，一出大本戏，一个多月就完成了。他舒了口气，这才感到心力交瘁，他总觉得是人老了，60岁了，怎么能和40岁的年纪相比呢？精力不济是正常现象，缓一缓就好了。在家休息了几天，他忍不住又去了社里，和教练长陈雨农商量排《商汤革命》的事。3月，《商汤革命》首演。

4月，孙仁玉自觉身体恢复，便开始系列戏的第二部《武王革命》的创作，有了第一部的基础，这一部写得格外顺畅，有时笔头赶不上脑子，唱词对白一句赶一句，字却要一个一个写，好在他多年练就一笔规整的蝇头小楷，只是写得比以前慢了。他想起从前常常为自己不会写大字而遗憾，一有空就让小女儿妙婉把水和黄土搅匀，盛在一只碗里，他用笔蘸了，在院内的方砖上练大字。现在再也没有那个空闲和精力了。5月初，剧本完成，社里马上投入排练，历史剧场面大角色多，便由甲乙两班学生联合排演。陈雨农看孙仁玉两个月拿出了两台大戏，担心他的身体，思忖着必须强制让先生搁笔，于是说："孙先生，这个戏我还吃不准，你得把手头的事放下，就坐在我旁边看我排戏，我也好随时请教。"经过一个月的排练，《武王革命》拉开大幕，两部历史大戏接连上演，观者如潮。孙仁玉写"革命"，为的是明史鉴今，不少台词在当时是冒着风险的，正如演员康顿易所说："孙先生胆大得很呀，我演戏说那些话时，看见台下那些穿黄呢子的（指军人），我都替先生担心呢！"

前两部的成功，让孙仁玉更坚定了把"革命"写下去的构想，7月上旬，他着手创作第三部《秦王革命》，没想到刚刚起笔不久，他便晕倒在了书案前。

布衣仁玉

"革命"尚未成功，孙仁玉却病倒了。他昏迷了三天三夜，异常安静，像睡着了一般,只有微弱的呼吸。好友杨漱基守在床前,为他搭脉诊治,病情暂时稳定下来,但杨漱基知道,蕴藏在孙仁玉体内的生命之火将要燃尽了。

经过半个月的调理,孙仁玉勉强能下床,偶尔在院子里走走,神志却是一时清醒,一时糊涂。杨漱基一再叮嘱,谢绝任何人探望,但易俗社的同仁来了一拨又一拨,家人实在不忍阻拦。一次,高培支、范紫东、胡文卿、陈雨农前来探望,其时孙仁玉精神稍有好转,见到老朋友很高兴,埋怨他们不来看他,高培支说:"不是不来,是漱基兄不让来,其实我们来了多次,只是你不知道罢了。"大家早有默契,只聊轻松的话题,不谈社里事务,可孙仁玉说着说着就将话题引向易俗社,"今天大家都来了,我们就说说正事,我恐怕是不行了,评议长、编辑主任请各位尽快另举人选,不要把事情耽搁了……"大家默默无语,红了眼眶。

1934年1月,易俗社改选,胡文卿为社长,高培支为评议长,改编辑处为编审部,范紫东任编审部部长。

入春以后,孙仁玉病情加重,言语越来越少,有时连儿女都不认识,常独卧一室,不愿家人打扰。5月的一天晚上,他忽觉精神很好,思维清楚,他想,也许这就是人们常说的回光返照吧。他立即叫夫人徐氏拿来纸笔,倚在床上艰难地写下了最后的文字:

  仁玉一生坎坷,命运多舛,饱经天磨,屡遭人祸,才有今日之人丁兴旺,却去也!

  居省垣二十余载,不堪仕途,与诸同仁兴办教育,历尽沧桑,惨淡经营,方赢得今日之局面,夙愿足矣。终生淡泊清寒,却于心无愧,于世有益,去而无憾。唯愿儿孙刻苦攻读,做国家有用之才。

  一生奔波,别无所留,仅存文稿一箱,渗透毕生心血,托与徐氏,妥为保存,传读后世,使晚生知其先祖曾为社会教育略献微力,年节时口忆纪念,魂灵有知,是为大幸。

孙仁玉与夫人徐桂英、小儿炳书、小女妙婉,摄于1922年

辞世作古，本人生常事，伤悲大可不必。后事切忌铺张，薄葬唯我所愿，务必布衣布帽布鞋，如我平生穿着。灵柩归葬故土，侍奉父母足下，虽在世及早别离，但得泉台长聚。

　　坟前立一小碑，仅书"临潼孙仁玉之墓"。

　　恍惚遗嘱，切切牢记。

　　孙先生病危的消息传开了，易俗社的同仁，他教过的学生纷纷登门探望。他已经说不出话了，见人只点点头，表示谢意。挨过了炎夏，一天下午，他忽然很想下床走走，于是拄着拐杖，在门前缓缓挪步，初秋的凉爽让人身心舒朗，他腿一软，陡然倒在了地上。这一次，孙仁玉再也没有醒来。时间定格在1934年8月23日晚8点30分。

魂归雨金

　　那个写《柜中缘》的先生走了！

　　孙仁玉猝然辞世，震动社会各界。杨虎城将军送来挽幛，上书"令名不朽"；梅兰芳送来挽幛"广陵绝响"；辛亥革命元老，陕西省首任都督张凤翙撰写挽词，"先生骑鹤去，遗韵在人间。薄俗虽难易，悲歌自可传……"；孙仁玉的同窗好友，陕西省通志馆编修冯孝伯题写的挽词饱含深情，概括了孙仁玉的一生，"……君不富求，亦不贵耆，民十一鸣，懦懦咋舌，编剧掌教，又刊志书，形神交瘁，椓我鸿儒，何彭何殇，没贵有传，遗篇播世，趾美零川。"

　　8月26日公葬日，天色阴沉，一大早，长长的送葬队伍由许士庙街出发，经二府街、北大街，过南门，向小雁塔以南的沙江村墓地缓缓行进，沿途不断有人加入送葬队伍，更有字号商铺设祭桌于门首。在众多的路祭者中，好些人尚不知孙先生名讳，只知道今日祭奠的是易俗社写《柜中缘》

1934年11月27日,孙仁玉先生追悼大会会场

《三回头》的老先生。11月,孙仁玉百日祭之期,在易俗社剧场举行追悼大会,会后,演出孙先生遗作六部,为《柜中缘》《三回头》《看女》《凤凰岭》《杀宫煤山》《杀妲己》。

此后,徐氏夫人有一晚梦见先生,面含愠色,似在埋怨她。她想起先生病重时曾对她说:"我走以后,把我送回雨金镇,和两位老人埋在一起,活着的时候离别太早,但愿泉下以尽孝道。"徐氏内疚不已,遂与易俗社的相关负责人商量,筹备将孙仁玉灵柩迁回故里。在农历年到来之前,孙仁玉终于回家了,南屯渡口挤满了接灵的人群,当年,他们就是在这里迎接孙举人荣归。同样的乐声鞭炮声,没有哭泣,乡亲们知道,孙先生魂归雨金侍奉于父母膝下,他该是欣慰的。

孙仁玉在遗嘱中将毕生文稿托予徐氏,在他去世后的1938年,日寇飞机轰炸西安,徐氏携带一箱手稿回到雨金镇孙家故居,当时身边只有二儿子炳书和儿媳。时局越来越乱,徐氏担心贼匪将文稿当作财物抢走,便把箱子转移到孙仁玉妹妹家中,总算熬过了战乱。解放战争中,胡宗南军队驻社骚扰,那些兵痞子翻箱倒柜搜寻财物,搜不出就拿剧本撒气,不是撕毁,就是扔掉,致使许多缮写本遗失。中华人民共和国成立后,易俗社派人去雨金寻找先生遗稿,其时徐氏夫人已逝,只带回来几十本。再后来,"文化大革命"横扫"四旧",很多手稿、文献资料就此绝迹。

(本章图片由孙永宽先生提供)

凡戏有根据,不肯诬古人

——范紫东往事

小时候在厂子里住，生产区和家属区并没有严格区分，大人们上班了，我们从南头窜到北头，厂子成了我们的王国。大孩子带小孩子玩，女孩儿最爱玩的游戏是唱戏，其实我也不懂她们在唱什么，为了证明自己的存在感，我从家里把妈妈的纱巾偷出来，奉献给大姐姐们，看她们甩起水袖，嘴里咿咿呀呀，我也陶醉得像在戏台上了。印象最深的一次，一位大哥哥带妹妹来玩，哥哥端了一盆水，我们围上来，只见他将两滴红墨水滴进水里，对着我们唱道：血在盆中不粘连，不粘连……我们一脸茫然，只觉好玩儿，纷纷伸手到盆里将水搅浑，水立刻变成粉红色，很好看。多年以后，我才知道大哥哥唱的是《三滴血》，扮演的角色叫晋信书。

范紫东（1879—1954）陕西乾县人，秦腔剧作家

在陕西，《三滴血》几乎成为秦腔的代名词，谁还不会唱两句"祖籍陕西韩城县"呢？但是，它的剧作者范紫东先生，却没有多少人知道。2019年是范先生诞辰140周年，逝世65周年，清明前夕，在他的家乡乾县，灵源镇西营寨村一冢孤零零的坟茔前，举行了一场小型的纪念活动。我没想到，范先生的墓地如此荒凉、简陋，墓碑上方的瓦片已经残破掉落，周遭乌泱泱一片苹果林，将坟冢挤占得没了立足之地。只有冰心题写的"范紫东先生之墓"七个大字清晰可见，似乎在执着地提醒着人们——这里，在你脚下的黄土地里，长眠着一位不平凡的大先生。

彼时，板胡声响起，一曲"家住在五台县城南五里"高亢悠远，范紫东先生的曾侄孙女范莉莉唱

扫码听戏

起了脍炙人口的唱段。附近村民挎着小凳陆续赶来,或立或坐或蹲,于苹果林的枝丫间,望向那一座孤冢。不远处,梨花盛开如雪,分外夺目。

*** ***

"九串钱"才子

范紫东的父亲范礼园,是清朝岁贡,长年在礼泉城隍庙的西道院设馆教书。清光绪四年,礼园公47岁,夫人强氏40岁,生下次子,取名凝绩,字紫东。范紫东自小聪慧,6岁识字千余,七八岁便跟着父亲读《四书》《诗经》《尔雅》及唐诗等。9岁那年夏天,父亲邀文友来学馆谈诗论文,紫东在一旁聆听。突然间天色大变,雨声骤起,细看竟是如鸡蛋大的冰雹。众人先是惊愕,遂又起了兴致,对礼园公说:"久闻令郎有即兴赋诗之才,不如就这窗外奇景作诗一首如何?"紫东不慌不忙,稍做思索,一首五言诗脱口而出:"夏日结冰凌,空中下鸡卵。天公本难测,人说妖精遣。"众人无不叫好。

清朝科举考试有一定的程式,当时学馆多习"八股文",条条框框多有束缚,少年范紫东对此极为反感,他常常背着父亲偷读明代的文章,如《卖柑者言》《寒花葬志》等,父亲教的时文,他表面应承,实则内心不从。礼园公深感忧虑,对友人说:"此子好高骛远,浅近者不屑为,高远者不能达,忽近图远,徒劳无功,将终身不能入门矣。"他又严厉地告诫儿子:"等你考中秀才后,再涉猎其他不迟。现下只作小品,通顺文字,就可以了。"

礼园公60多岁时,一家人返回乡里,种田谋生。范紫东无奈辍学务农,冬春两季,尚可伏案读书,夏秋农忙,只得半耕半读。古人所谓"三余"读书,即"夜者日之余,阴者晴之余,冬者岁之余",紫东白天随父亲在田间劳作,晚上高声诵读诗文,寒冷冬夜,没有柴火烘炕,往往冻得手指不能屈伸,腿部筋络冻结,累累如贯珠。在如此苦境下,他反而学业倍长,文思大进,每做文章,必辟蹊径,标新义。礼园公观之大喜,称"此子是大器,将来未可限量"。

范紫东19岁那年,礼园公不幸染时疫,不久便撒手人寰。家中遭此变故,日渐困顿,为贴补家用,范紫东经人介绍去赵家村教书,学生仅三名,年俸仅九串钱。友人为他不值,他却欣欣然接受,有诗为证,"参宿横斜斗挂城,《汉书》下酒到三更。小窗月透疏棂纸,邻女隔墙笑语声"。虽然只有九串钱,但馆中寂静,三名学生又时常逃学,他得以温习经史,受用颇大。1903年1月,三原宏道高等学堂在乾州等七属县招收高才生,当时的考试命题为《周处以兵五千击贼众七万于梁山论》。梁山即今乾陵,周孝侯殉难于陵下之六陌镇,考试以本地故事为题。范紫东常阅州志,对此类历史掌故最为熟悉,而当时只顾学习八股文的秀才,面对这样的题目,实在无从下笔。范紫东遂洋洋洒洒,一蹴而就。监考官阅卷后,连连称赞,此乃关中难得之人才!将文章张榜贴出,范紫东名列榜首,一时名声大噪。很多学子慕名而来,他却笑说:"我不过是值九串钱的乡下教书先生,大家高抬我了。"有人拟了一副对联:七属一名士,全年九串钱。一时传为佳话。

六艺并重

清末,新政渐兴,西方的一些书籍传过来,名曰"时务"。范紫东买不起,常向友人借阅,他深知科学的重要性,想从数学学起,但苦无门径,又无老师。他对友人说:"读书人不务实学,就此一桩,便不如商人,何以居四民之首?古之学校,六艺并重,今不知礼乐,可谓不文;不能射御,可谓不武。若再不通数学,真成混账了。"

村上有一个歪嘴木匠,经常给乡里算地,范紫东便请他给自己教珠算。木匠问:"读书人学这个做什么?"范紫东笑着说:"哪一天老兄作古,村中无人算地,怎么办?我想接你的班呢。"木匠说:"这事不容易,我前后教了五六个人,没一人学会的。"范紫东说:"你且教我试试。"木匠于是教

民国时期范紫东编剧的《苏武牧羊》剧照

他"二归"的口诀。回到家中,范紫东早晚拨拉算盘,自行揣摩,10余日后将二到九归都练习熟练,他给木匠演示一遍,全无差错。木匠惊道:"读书人究竟比我们强啊!"

有一年大旱,夏秋两季都没有收成,闹起饥荒,很多乡人宰了自家的耕牛以果腹。范紫东见此惨状,说:"等到明年春天下雨,耕牛将比金子还贵。"于是买了三头小牛犊,在荒郊搜寻野草,小心喂养。揣度着一旦明年出凶岁,三头牛长成,一家性命全赖于此。隆冬来临,饿莩遍野,一家人勉强以榆树皮草根为食。第二年,为凶荒之尾,全陕死了200余万人。四五月间,始落雨,范家的耕牛派上了用场,地里终于种上禾苗,至秋收,灾年总算过去了。

亦师亦友

范紫东与戏剧的缘分是从入学三原宏道高等学堂开始的,他遇到了恩师孙仁玉先生。来自临潼雨金镇的孙仁玉担任学堂斋务长,教授史地课程。孙仁玉正是后来易俗社的创始人,而另一位创始人李桐轩的两个儿子,李约祉、李仪祉也在此上学。正所谓世事流转,因缘际会,范紫东也许不会想到,他的命运从此和孙仁玉等人紧紧联系在了一起。那是1903年春,10年之后,易俗社在西安创立。

虽说是老师,但孙仁玉只比范紫东年长六岁,两人亦师亦友,范紫东经常去孙先生的宿舍看书,而孙仁玉也很喜欢紫东的好学。《孙仁玉传》中,记载着两人的一次交流。

孙仁玉问紫东:"《西厢记》里长亭送别一段,王公写到,'马儿迍迍行,车儿快快随',深意何在?"

范紫东说:"请先生赐教。"

孙仁玉微笑道:"我也是细读了金圣叹先生眉批的版本,才体味出其中深意,关键在一个'情'字,通过崔莺莺对马儿车儿两种速度的企望,透

① 范紫东（前排右三）与易俗社同仁
② 范紫东时装剧《金手表》戏装照

出了女儿家不舍的心情,前面的马儿走慢些,跟随的车儿走快些,车、马不就并排而行了吗?这样一来,车上的莺莺和马上的张生即使不能话语交流,起码可以揭开帘子眉目传情。真个把离别之情写得淋漓尽致。所以作词者,不在文理高深,而在情真意切。"

范紫东点头称道,他惊讶于先生的体察之深。于是说:"先生能把这个金本借给我读吗?"

孙仁玉说:"我就是给你买的。"

范紫东以最优等第一名的成绩从宏道高等学堂毕业,第一时间给孙先生去了信。孙仁玉彼时已到西安府中学教书,接到来信,大喜,急向校方建议聘范紫东任教。不久,范紫东便来到学校担任理化教员,分别两年有余的师生加兄弟,又聚到了一起。

惊动警察厅的《软玉屏》

范紫东为易俗社写的第一部戏是《春闱考试》,在此后40余年的编剧生涯中,共创作剧本68个,担任过易俗社四任社长的高培支评价他的戏"变幻离奇,人莫测其意向,及结果乃恍然其布局之妙,规模伟大,包罗宏富,有骨力,有兴趣"。如果说曲折离奇是为追求演出效果,所有戏剧大体如此,而范紫东戏剧最大的特点是观照现实,针砭时弊。他曾在一部戏的序言中陈述了他的观点,凡剧"皆有根据,不肯相诬古人。即不要紧处,亦皆不与正史相悖"。因为他深知高台教化,启迪民智,最要紧处是普及教育,容不得半点马虎。他是这么说的,也是这么做的。

《软玉屏》写于1917年,是一本劝恤贫、戒虐婢的家庭戏。范紫东有感于封建社会对奴婢的残害,称"女婢之毒,于今尤甚,耳所已闻,指不胜屈",他愤然执笔,痛斥这一千年流毒,呼唤平等与人权。这部戏实可用"惊心动魄"来形容。安徽巡抚魏效忠的姨太太黑氏,性情暴虐,每有不顺心便拿丫鬟撒气,先是打死雪雁,偷偷埋在后花园,又见雪鸿有点姿色,心

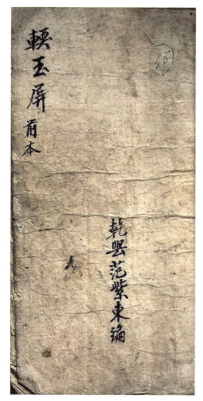
范紫东《软玉屏》剧本手稿

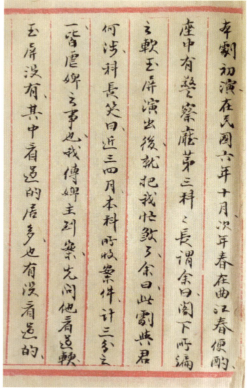
《软玉屏》附记手迹

生嫉妒，遂无事生非，将她活生生地用烧红的铁条戳死，命人连夜将尸首抛入江中。

第五场戏，雪鸿赤身跪在雪地里，唱道：

> 同算是父母生一般性命，
> 却怎么贱者苦贵者尊荣？
> 尘世上这苦乐太不平等，
> 恨不得寻造物质问苍穹。

这般对命运的诘问,唱出了普天下为婢作奴的弱女子的心声,听来令人悲愤难平,又潸然泪下。与之形成鲜明对比的是,黑心肠的黑氏,在打死雪鸿之后,一句轻飘飘的"叫两个人来,把这尸首发落下去",便睡觉去了。

第十九回,一场堂上论辩将本剧宗旨阐述得明明白白。

  魏效忠:打死一半个丫鬟,有什么要紧?……全当是敝妾打死,本部院也能担当得起。

  戴殷:难道大帅的女儿是命,百姓的女儿就不是命?旁人将人打死,就算命案,大帅的姨太太将人打死,就不算命案?

  ……

  黑氏:你真个不管我了吗?只说与大人当了太太,便可任意横行。谁料天理不容,国法难犯!

  正是:生命平等无贵贱,只凭法律保人权。

《软玉屏》以正义的胜利收场,发出了"生命平等无贵贱,只凭法律保人权"的呐喊,正回应了范紫东在序言中所写的,"有乐观不能悲观,能惊人复足动人"。

这出戏于民国六年十月初演,次年春,范紫东与朋友在曲江春饭馆吃饭,座中有警察厅第三科的科长,见到范紫东就抱怨:"阁下编的《软玉屏》演出后,可把我忙坏了。"范紫东不解,问道:"这部剧和您有什么相干?"科长笑着说:"最近三四个月,我们科所接的案件,有三分之一都和虐婢有关。我传婢主到案,先问他看过《软玉屏》没有,其中看过的居多,也有没看过的。我说,你先把这戏看了再处理。大约年长者就勒令她出嫁,年幼者酌情处置,先生此剧真是造福不浅。"范紫东也笑着说:"就是对不住仁兄啊。"

《软玉屏》的社会反响引来了京剧坤伶白芙蓉,每演此剧,白芙蓉便手持剧本对照观看,与上课无异。如是多半年,白芙蓉回到南方。后来有友人从南方来,对范紫东说,白芙蓉将剧本情节登报声明:伊将此剧科白词调,皆已烂熟,如有剧团愿学此剧者,伊能为导演。由此《软玉屏》盛行于江南。

那时哪有什么版权意识呢?被人拿走了剧本,据说白芙蓉每导演一场,收费千元,范紫东也不恼,倒觉得南方买卖奴婢之风更盛,此剧颇为对症。他在序言中写道:"从此生生世世,永无苦恼之场;攘攘熙熙,咸乐庄严之土。世界如斯,吾复何恨……"

《三滴血》的前世

范紫东最有名的作品是《三滴血》,自 1918 年问世,100 年来常演常新,长盛不衰。它像是有一种魔力,让人为之着迷,戏里的周天佑、贾莲香、李遇春、李晚春,个个鲜活生动,贾莲香"未开言来珠泪落",李遇春"祖籍陕西韩城县",脍炙人口,一咏三叹。曹禺先生曾评价:《三滴血》中"错认"一场戏,可以和莎士比亚剧作《第十二夜》相媲美。范紫东也因此获得"东方莎士比亚"的美誉。

范紫东崇尚"凡戏皆有根据",那么《三滴血》的根据是什么,或者说它的创作源头从哪里来?

中国最早记载"滴血认亲"的文字资料来自南宋时代宋慈的《洗冤集录》。宋慈(1186—1249),我国古代杰出的法医学家,被称为"法医学之父",西方普遍认为正是宋慈于公元 1235 年开创了"法医鉴定学"。《洗冤集录》卷三在《论沿身骨脉及要害去处》一章谈及"检滴骨亲法",谓如:

> 某甲是父或母,有骸骨在,某乙来认亲生男或女何以验之?
> 试令某乙就身刺一两点血,滴骸骨上,是亲生,则血沁入骨内,否则不入。俗云"滴骨亲",盖谓此也。

所谓"滴血认亲"自然是没有科学依据的,但古时并没有 DNA 鉴定,

① ——
②

① "衰派老生"刘毓中在《三滴血》中扮演周仁瑞
② 全巧民、陈妙华《虎口缘》剧照

这种"溶血法"应该是为维护某种权威或增加其传奇性的谬传罢了。一代一代演绎下来,几乎成了"认亲"的不二法则。

范紫东所处的时代,正是西方科学逐渐传入中国,变法维新思潮兴起,范紫东深感沉溺于故纸堆泥古不化,可笑可悲。以此为题材创作一部剧的想法萌生了,而直接启发其灵感的是《阅微草堂笔记》中的一则故事。

《阅微草堂笔记》是清代名臣纪晓岚的一部志怪小说集。该书第十一卷记载了这样一个故事:某晋商把家产托付给弟弟,外出经商十余年,其间结婚生子。后丧妻,父携子返回原籍。其弟贪图家兄产业,不想归还,以哥哥与侄子非父子关系,不得继承产业相诉讼。县令以滴血认亲的古法来鉴别血亲关系,得出了亲父子的结论。其弟不服,和亲生儿子也来了个滴血认亲,结果并非父子关系,原来是其妻和他人私通所生。

这则故事不过两三百字,却启发了范紫东的创作灵感。但两者在情节的设置上有着天壤之别。《笔记》中的昏庸县令,未经过实际调查,"依古法滴血试,幸血相合",以错误的方法取得了正确的结论,不仅没有造成冤案,竟还有了意外收获。这样一来,这位县官似乎不应该被指责,反而值得称道了。纪晓岚在文末感慨:

> 骨肉滴血必相合,论其常也;或冬月以器置冰雪上,冻使极冷,或夏月以盐醋拭器,使有酸咸之味,则所滴之血,入器即凝,虽至亲亦不合,故滴血不足成信谳。然此令不刺血,则商之弟不上诉,商之弟不上诉,则其妇之野合生子,亦无从而败。此殆若或使之,未可全咎此令之泥古矣。

纪晓岚"未可全咎此令之泥古",范紫东却不这么认为,再怎么侥幸,错的总归是错的。他给这位县令取名"晋信书",意在"尽信书则不如无书",当晋信书在堂上一次又一次叫衙役,"来啊,取一苗针,端一盆水上来",那副顽固不化,洋洋自得的样子,真令人又好气又好笑。两次滴血,一错再错,没有侥幸,这是范紫东与纪晓岚的不同之处,也是作为一名剧作家的高明之处。

第三滴血

《三滴血》顾名思义，有三次滴血，前两次误判，酿成了冤案，那第三次呢？

原剧本在第三次滴血的结论上采用了《阅微草堂笔记》的记录，即歪打正着，晋信书有一段念白："从前那两案官司，刚才我听了一遍，当真我断错了，这一案糊里糊涂给射到靶子上咧，一点儿也不含糊。"这就怪了，为什么范紫东没有让"三次滴血"一错到底，反而有所迂回呢？

在易俗社1919年刊印的第一次报告书中，我们可以找到一点端倪，《三滴血》的宗旨被定义为"破习俗之迷信，并戒淫荡"。第三滴血之所以歪打正着，正是为了牵出一段苟合之事，警示世人"戒淫荡"。晋信书原本想用第三次滴血来印证此古法的正确，自以为"做官还须我们读书之人"，于是叫来周仁祥和儿子牛娃，只想着这二人是明白无误的父子，血必然黏合，没想到，血竟不粘连，结果周仁祥的老婆马氏不打自招，儿子牛娃果真是她和邻居私通所生。正所谓因果报应，周仁祥为私吞家产诬陷哥哥周仁瑞与侄子非亲生父子，最终自己的儿子却不是亲儿子，真真讽刺。

现在我们看到的《三滴血》是1958年重新整理改编的版本，将"戒淫荡"的内容全部删除，同时截枝斩蔓，删繁就简，十八回变成了十二回，主题更加集中，结构更加紧凑。这些固然是进步的，但有一点，既然"滴血认亲"不靠谱，每次的结果必为偶然，既是偶然，便有对有错，怎么改编后回回都是错的，据说是怕将观众引入歧途。其实，这是低估观众的认知水平了，谁也不会凭着一盆水、两滴血就认父认母的。

范紫东喜欢给他的剧作写序言，来说明戏剧宗旨，大家熟悉的《软玉屏》《三知己》《吕四娘》等都有序言，《三滴血》却没有，我们现在看到的序言是易俗社的另一位编剧李约祉代写的，写于1936年，为使"法曹同志，知所警惕，而明此书之不可尽信，以为冤滥者请命也……"，称赞此剧"能警人复足以动人，是文学亦是科学"。

揣在袖管里的剧本

1922年，易俗社成立10周年，范紫东专门撰文纪念，当时他担任易俗社的评议长，负责评议社里的一切事务，维持议场秩序，整理议事等。他在文章中引经据典，称戏剧应是"性情之流露，风化之先河"，戏剧的推衍变迁很漫长，"诗变为词，词流为曲，曲编为剧，剧演为戏矣"，如此粉墨登场，要么阳春白雪，虽雅但不够通俗；要么下里巴人，虽俗又流于淫媚，那么范紫东心目中的好戏是什么样子呢？他写道："或朴实而言理，或纤如新月出云，或郁如大风卷水。或哀艳袅娜，写柔肠而百结。或淋漓悲壮，传鼓角于五更。或如蛇神牛鬼，状愈出而愈奇……加以度曲者达情，写情者精艺。"

为了写好一出戏，范紫东常常夜不能寐。据范紫东的二女儿范文娥回忆，父亲写剧本、做文章大都是在晚上，有时噙着水烟锅在房里来回踱步，写写停停，直至深夜。母亲哄孩子们睡下后，就到书房给父亲添茶倒水，夏天用蒲扇赶蚊子，冬天看火盆、加木炭。范文娥半夜醒来，还看到父亲在灯下伏案。

有时从西安城回到家乡西营寨小住，范紫东一副地道的关中农村老汉打扮，提着烟袋锅，裤腿筒进袜子里。村民喜欢在城门洞说闲话，范紫东就在一旁听，有时他也会讲一些稗官野史，聊添趣味。有乡党便给他搬来了凳子，端来了饭，让他多讲一会儿，他也不推辞。范紫东在礼泉的女儿为他专设了一间房子，内置书桌、小炕桌、书架及文房四宝等，让他安心编戏。女儿家的车夫王四，经常接送范紫东于礼泉和西安之间。每至西安城，范紫东必置酒菜款待。王四不敢入座，范紫东不依，非拉着王四坐在他身边，亲自添饭夹菜，饭后邀其到易俗社看戏。

① 秦腔名旦刘文中演出《玉镜台》
② 文武小生郭朝中演出《玉镜台》

易俗大先生

范紫东经常用红条格账簿写剧本，笔走龙蛇，苍劲有力，写法是满行直书，但在念白及舞台提示上用元明清传统的"打介""坐介"之类。他将剧本写成，往往不经任何人审阅，而是揣在袖管中，由住所步行到易俗社，见了住班教练未语先笑，"嘿嘿！你看我又写了一本戏，你看能排不？"如果戏上演了，他便将前三场百分之三十的稿酬拿出来，请演职人员吃饭。他也爱看自己的戏，主要是看演出效果和观众的反应，常坐在前场箱边或乐队后面观看，随着剧情的发展哭哭笑笑。

赛金花看"赛金花"

范紫东写过一出戏，叫《颐和园》，以八国联军入侵北京为背景，批判慈禧丧权辱国。戏里夹叙京师名妓赛金花与八国联军统帅瓦德西的一段私情，赛金花一方面为联军代办军粮，一方面劝说瓦德西下令禁止官兵滥杀无辜、擅入民宅，在一定程度上保护了北京市民。京城人对赛金花多有感激，称之为"议和人臣赛二爷"。范紫东在《颐和园》序言中说："诚以西太后之贻误国家，不如赛金花之好行方便也。"不吝惜对这位奇女子的赞美。

1932年易俗社赴北平演出，《颐和园》作为演出剧目之一引起轰动。轰动的主要原因是赛金花本人来看戏里的"赛金花"。据京剧名旦尚小云回忆，"记得那天是在东安市场吉祥戏院演出的，开演前，三号包厢出现了一位妇女，全场立刻为之轰动，原来赛金花本人也来看戏了"，当时赛金花年逾六十，生活困顿，有人问她，戏里演的是不是真实情况，赛金花笑了笑说："那是内幕的事，外人是不会知道。戏的表演是对我的鼓励和表扬，其实我是没有那么大力量的。"对于这段插曲，天津《大公报》以《不堪回首话当年》为题，报道了赛金花观剧的新闻。报道称，真赛金花对"假赛金花"表演各节大体满意，唯对幼年受骗，陷入娼门的苦境未加描述，有些遗憾。

这里面就有一个问题，《颐和园》在北平演出期间，作为剧作者的范紫东，到底有没有和赛金花见面。目前流传的有两个版本：一是未见面，二是两人在北平赛金花的家里见了面。

据西安市人民政府文史研究馆1988年编著的《西安梨园轶闻》中说，范紫东当年并未随易俗社来京，赛金花只在后台会见了戏里扮演赛金花的王天民和扮演洪公使的康顿易。没有见到范紫东，赛金花深感遗憾，回到住所后久久不能平静，想到自己如今贫困潦倒的处境，她连夜写了一封长信，并附上一张小照，第二天寄给了远在西安的范紫东。信中，她首先感谢范紫东在《颐和园》一剧中为她讲了公道话，又详述了自己的身世和经历，希望范紫东编一出以她个人为主的戏，为她正名。范紫东接到信后，对赛金花的遭遇很同情，也确实萌发了为她写戏的念头。遗憾的是后来抗日战争爆发，社会动荡，这件事也就搁下了。

第二种说法据说是范紫东亲口对人讲的，但已无从考证。1932年12月21日、22日两晚，《颐和园》分前后本演出，范紫东本人也在剧场看戏。演出结束后，赛金花经人引荐，邀请范紫东去家里做客。第二天上午，范紫东如约而至，赛金花的寓所在天桥居仁里，平日只有一女仆照顾，早已没有了往日的风光。赛金花设小宴招待，席间，两人就剧中情节进行探讨，赛金花说："戏里将我和瓦德西的关系描写得有些过了，演出以来，大家都赞美我周旋议和，救护京城市民的行为，但于我良心上，实在不安……"范紫东说："无论出发点如何，你做过一些义举，是有功劳的，你不必为此介怀，我也知道你的苦衷……"

那次匆匆见面，之后两人就再无交集了。四年后，赛金花在北京病逝。关于她的故事一直在坊间流传，而以赛金花为原型的戏剧作品，从范紫东《颐和园》始。

待雨楼

待雨楼是范紫东一家在西安的住所，从1937年建成到1955年被西安市政府征用，待雨楼只存在了18年。18年白云苍狗，范紫东想为家人"买"

一处安定，但终究抵不过世事沧桑，待雨楼建好不过三个月，七七卢沟桥事变爆发，他不得不携家人暂避乾县老家，再回来时，已是八年之后。

> 数十年来笑处祎，今朝紫燕语温存。
> 墙连明代秦藩府，路达通衢后宰门。
> 台上客来宜啜茗，楼中酒熟共开樽。
> 名原在眼瞻龙首，不学荆公慕谢墩。

这首诗是范紫东为待雨楼落成而作，可以想见他当时的愉悦心情。1937年3月，正值初春，范紫东用他的全部积蓄和易俗社的资助，在西安后宰门买了一块地，始建住宅。那是模仿戏台建成的一座四合院落，占地五间一亩左右，共两进大房，中间两对面八间厦房，上房为鞍鞯房一座，有楼三间，仿古门窗，毗邻厦房设一月亮门，院内有树有花，有石桌，围以石鼓，布局雅致，古色古香。竣工之后，正当农忙结束，天旱无雨，秋禾难以下种，范紫东深知稼穑之艰，遂将上房的三间楼房取名"待雨楼"，"盖连年常望雨也"，又作对联：三十年前曾学稼，六旬而后始营巢。

范紫东曾与人说，"织机之声、读书之声、小儿哭声"实为幸福和睦家庭之三声。年近60的范紫东在待雨楼享此乐趣。范紫东的二女儿范文娥就是在待雨楼出生，她回忆，"待雨楼经常有客人来，有易俗社的先生们，也有外面来拜访的，父亲和客人在上房喝茶说话，一会儿高谈阔论，一会儿低声细语，一会儿朗声大笑。母亲此时便到厨房炒几个菜，送上去供他们下酒。有时乾县老家来人了，父亲还要留他们住几天。"

范文娥清楚地记得，父亲有天回来，给他们买了几只鸭娃儿，黄绒毛，红扁嘴，走起来一摇一摆，特别可爱。"那些天，除了吃饭睡觉，我们兄弟姐妹就逗鸭娃儿，庭院里充满欢声笑语，父亲总是站在一旁，笑眯眯地看着我们玩。谁知好景不长，有天早上，我发现鸭娃儿少了一只，第二天又少了两只，遍寻不见，只发现几片鸭毛，问父亲，父亲说，恐怕是让黄鼠狼叼去了。我们急得大哭，父亲哄我们说，好了好了，鸭娃走了，咱们念

① 范紫东水墨画
② 范紫东"凤山之监"印考手迹（图片由范紫东研究会提供）

一段'祭文',送他们上天吧。父亲略一沉吟,随口道来:嘴扁扁,脚片片,走路不能上坎坎,可怜你的命短短,给你洒上泪点点。一连几天,我们在院子里念这首《祭鸭》诗,直到现在我也忘不了"。

易俗社的学员也会来待雨楼排练,哪里唱得不好,身形脚步不对,范紫东就指出来,有时也亲自示范。中华人民共和国成立前,京剧四大名旦之一的荀慧生来西安演出期间,曾到待雨楼拜会范紫东。荀先生衣着讲究,谈笑风生,引来不少人追看。送走荀慧生,范紫东半开玩笑地说:"见他容易,晚上一起去群众堂看他的戏,他还得给咱倒茶呢!"

1955年,西安市政府筹建中心医院,地址选在西五路和后宰门之间,待雨楼在拆迁范围内。仅仅存在了18年的西安范宅,从此没有了踪迹。而在待雨楼将拆的前一年(1954年),范紫东已先它而去,与它落成的日子一样,也是一个春天。

纂修县志

1938年惊蛰过后,下了一场大雪。彤云低垂,雪深尺许,数十架日军敌机在西安城上空盘旋,投弹数枚,在家里就听见隆隆的炮声。范紫东的第三子诞生了,取名文豹,豹者谓胆大也。10月间,范紫东举家回到乾县,以避战火。

在乾县的日子,范紫东着手一项重要的工作,也是他一直以来心心念念的,即编纂《乾县新志》。在此之前,他已纂修了《永寿县志》《陇县县志》,家乡人不理解,说他舍自己的田耕别人的地,范紫东说:"我多年旅居他乡,对故乡的风物和人事变迁,知之甚少,不敢贸然下笔。这次回来,见城垣残破,街市萧条,让人触目酸心,我已经60多岁了,怕再不起笔就晚了。"一日范紫东与友人在乾县街道散步,谈及往事,友人手指一处说,某君伤于某处,再指一处,说,某友死于某地。范紫东感慨不已,"我们谈的这些,都是县志的材料啊"。他认为,陕西局势每有变动,乾县必遭兵灾,加之饥馑频发，盗匪充斥，农村日渐凋敝，大道两旁的柳树死了，城内外的庙堂塌了，一些名胜古迹多废为丘墟。再不编写整理过去的文献资料，后人将无征不信。

乾县新开巷韩家宅子，曾租赁给盐务局存放盐，俗称"盐局韩家"，范紫东暂居此处。"盐局韩家"前庭有一株龙爪槐，树龄近百年，树冠巨大，遮天蔽日，范紫东因此为寓所命名"槐荫轩"。就在这里，范紫东完成了《乾县新志》的编纂。

范紫东在《乾县新志》序言中写道，编写县志有三难：旧家藏书，类多散轶，其搜讨难；官府案卷，屡遭兵毁，其检查难；乡村事迹，漫无记载，其采访犹难。1939年底，6册共14篇《乾县新志》完成，他在旧志的基础上，补充遗漏之处，续写新增部分，修改归属不当之处，尤其是对自然、地理以及生产、经济的记述，细化到天气、雨量、人口增长、手工业等，较之历代旧志，是一个巨大的进步。

范紫东编纂《乾县新志》

不通方言，不可以为学

除了修县志，范紫东还醉心于关中地区方言的研究。他生于斯长于斯，父亲礼园公设馆教学时最重音韵，以今天的语言探索古音，再以古语印证今音，民间代代"口按乡音，心领雅言"，口语中仍大量存留着千年传承下来的词汇和读音，只因"文字中之用词，恒不见于语言；语言中之用词，恒不见于文字。从此言文遂截然分离矣。甚或有极文雅之语,而浅人或以土语鄙词目之"。范紫东以为,这是于方言传承很不利的。

1946年,范紫东编成《关西方言钩沉》(关西,潼关以西,即今关中之地)一书,初版于民国三十六年(1947年)元月,由当时位于西安南大街九号的"西京克兴印书馆"印制,全省各大书局发行。据说只印了500册,此后并无再版。

《关西方言钩沉》全书约7万字,根据所辑录词语的性质,分为《称谓》《名物》《状语》《动词》4部分,以汉字构成原理为纲领,参照《尔雅》《方言》《说文解字》《正字通》及古人笔记,理清了古今汉语关联并发展的关系,校正了许多方言汉字的读音,并对500多个词汇做了详实生动的训诂。

举《关西方言钩沉》中几个简单的例子。关西方言把小孩叫"碎娃",

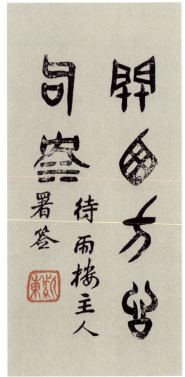

范紫东著《关西方言钩沉》(梁锦奎 供图)

其实是误读，应为"蕞娃"，蕞者，小也；而"碎"为支离破碎之意，两者相较，"蕞娃"更能讲通。

关中人形容自己情绪烦躁时常说"po 烦"，一般认为是"颇烦"二字。范紫东经论证应为"叵烦"，"颇"有偏、不正之意，也作程度副词"很，相当地"之用，"颇烦"即"很烦"。这种说法显然不能表达关中人的"叵烦"含义。"叵"有"不可言传、无法表达"之义，成语有"居心叵测"。因此，"叵烦"本意是心情很坏却无法言说，难以忍耐，这比"颇为烦恼"要精准、含蓄得多。

另一个例子，全国人民都知道陕西有一种 biangbiang 面，宽薄如饼，不知哪位好事者造了一个字，笔画极为复杂，还编了一个口诀，如今俨然成为陕西的文化符号了。范紫东就 biangbiang 面的"biang"字做了考证，认为应是"饼饼面"，《说文解字》："饼，面糍也。从食并声，必郢切。"面食宽薄者亦称饼饼面，不过"饼"字应读古音，按照《古韵标准》，饼与炳同音，"炳"读"必郎切"，故"饼"亦读"必郎切"（biang）。

范紫东在《关西方言钩沉》自序中引用明末清初大儒顾炎武的话，说"不通方言，不可以为学"。"语言与文字并称，然语言在文字之前"，他写道，由于华夏覆盖疆域的扩大，各地语言文字渐起隔阂，因此才兴起训诂之学，"诂者，古语也；训诂者，解释古语也。古语亦谓之雅言，犹今所谓官话也"。对于训诂之法，他认为那些"考古音而不审今音，解古语而不达今语，忽近而图远"的做法，是徒劳无功的。

1945 年，训诂学家、华县人李子春来乾县任教，曾笑说：乾县读书人除范紫东一人而外，其余皆为不识字者。李老所谓的识字，指的是懂不懂"六书"，即象形、指事、会意、形声、转注、假借，这是《说文解字》中对古文字构成和使用规则的归纳。李老虽为戏言，但不可否认的是，范紫东确为关中训诂学的一面旗帜，《关西方言钩沉》对语言学和文化人类学研究有着重要的学术及应用价值，尤其在今天关中方言濒危的境况下，其意义更显重大。

心不欺天到处安

范紫东曾给友人赠联：脚踏实地行来稳，心不欺天到处安。这亦是他一生为人的准则。

范紫东极为重视文史研究，喜欢收藏古籍善本、名人字画，常常不惜代价。他临写了《关西周秦石刻摹本》，注有释文。稿成，找到书商为其出版，书商以该书内容古僻难识，不能赚钱为由婉拒，但又说，如果是范先生的剧本，他倒愿意效劳。范紫东说，这摹本才是正经东西，是中华民族的珍贵文化遗存，应该被更多人了解。他再三劝说出版商，还是无济于事，后来只好自己找木匠，以梨木板刻制，让家里人一张一张地拓印，再以铅印印刷释文，最后用针线装订成册。范紫东的三子范文豹回忆，他小时候就干过这些活计，还把印制好的摹本拿到街上摆摊出售，花费了很大的功夫，却没有什么收益。但范紫东坚持这么做，说这些老祖宗留下的好东西不能被埋没了。

晚年的范紫东依然忙碌。1952年，社会各界为抗美援朝大办募捐活动，西安文艺界举行义演，范紫东以73岁高龄粉墨登场，演出传统戏《回荆州》中"诸葛亮撑船"一场，技惊四座。大家都说，大作家出来唱戏，真是想不到。同年，他还编写了新剧本。1953年2月，西安市人民政府聘请范紫东担任文史馆馆长，范紫东高兴地对家里人说："以后我也是公家人了。"他带领馆员对西安城区郊外许多古迹做了详细的实地调查，编写了《西安市城郊胜迹志略》。

1954年初，西安市文史馆筹备编纂《陵墓志》，范紫东不顾年事已高，冒着严寒，和同事们一起奔走在勘察古陵墓的路上。3月26日，在考察灞桥和秦始皇陵时，范紫东不避风寒，亲自步量，终因劳累过度病倒了，回到家中就开始发高烧，上吐下泻。经医治无效，于3月31日晚与世长辞。

范紫东灵柩安放在"待雨楼"上房厅堂，西厦檐下陈列着他毕生写就的剧本、著作、诗画手稿。院外摆满花圈、挽幛、挽联，前来吊唁的人络绎不绝。

半世文章成残纸

范紫东对自己的剧本手稿极为珍视，他曾对儿子戏言，这些手稿在百年或两百年之后将是很有价值的资料。抗战期间，为避战乱，范紫东把所有手稿转移到礼泉罗家，也就是长女范鸿轩的婆家。范鸿轩将其用油纸包裹严实，装入酒坛中，埋于后楼房开间门后的地下，上面摆放了一张条桌作掩饰。中华人民共和国成立后，局势趋稳，才将手稿取出带回西安。

1949年秋，京剧大师程砚秋率秋声剧团来西安演出，邀范紫东观剧，旧友重逢，恍若隔世，范紫东感慨万千，遂作《秋声吟》，欣慰的是"程君

范紫东诗作手迹　　　　　　　　《翰墨缘》手稿（图片由范紫东研究会提供）

得名三十年,一朝玉趾游长安。窃喜当年风韵在,不虚此日艺林传",叹自己"七十老翁幸不死,埋没风尘竟如此。一腔心血付哀弦,半世文章成破纸"。虽然为自嘲戏谑之语,没想到竟一语成谶。现在读来犹显悲凉。

"文革"初期,已去世十余年的范紫东被打成"反动文人""文艺黑线人物",虽然人不在了,他的作品却没有幸免于难。很多剧作被批"为帝王将相、才子佳人唱赞歌",是"封资修的黑货",尤其《三滴血》台词中有一句"尽信书不如无书",竟被污蔑为"反对学习毛主席著作的大毒草","打着反对教条主义的旗号反对毛泽东思想"。范紫东留下的大部分手稿是由长子范文经誊写,范文经民国时期担任过县长、省高等法院法官,中华人民共和国成立后加入"民革",曾是西安市莲湖区政协委员。多年来,他悉心整理,保存了范紫东的剧本手稿以及收藏的古籍善本、字画、古董等。"文革"中,这些珍贵的文物都成了"四旧",范文经迫于压力,将这些文物装了两架子车,送交到莲湖区政协。范紫东在礼泉女儿家存放的著作印本、书画作品等,也无一幸免,被当作柴火烧了。"文革"结束后,范家人曾四处寻找剧本手稿的下落,被告知,当年那些"四旧"被送到西安造纸厂,化为纸浆。

范紫东的二女儿范文娥回忆,1966年9月5日,一伙红卫兵闯进香米园92号(范家),翻箱倒柜,将屋内陈设的字画、古董统统捣毁撕烂,辱骂范文经"继承反动父亲衣钵","是现行反革命",他们给瓷坛里装满煤块,挂在范文经脖子上,又用皮带抽打,"可怜60多岁的老人,跪在搓板上,被辱骂围斗,一直折腾到天黑。红卫兵临走时还叫嚷,不许乱动,等着明天游街!"

一天水米未进的范文经勉强爬起来,吃了点开水泡馍,看到屋里一片狼藉,半生保存的父亲的手稿已被撕成残片。他一句话也没有说,转身走到门道,在大门后的木梯上搭了一条麻绳,艰难地将脖子伸进去,就这么离开了。

墓园凋敝

1958年，在全国性的"平坟运动"中，包括范紫东墓地在内的范氏家族墓地被夷为平地。之后的政治运动接踵而来，家庭成分变得极为重要，而偌大的范氏家族竟找不到一个"贫下中农"，如此沉重的政治包袱下，他们战战兢兢，噤若寒蝉。在一次次的土地调整中，范家后人与范紫东墓地彻底失去了联系。

直到1992年，业界对范紫东的研究逐渐升温，在戏剧界人士及民间研究者的奔走呼吁下，乾县政府重修范紫东墓。无奈时间久远，范紫东的坟冢又没有任何标记，该在哪里竖碑呢？

一筹莫展之际，传来好消息。范紫东的外孙罗启瑞在平坟运动中偷偷步量了坟冢的位置，这一次，他根据记忆，以东边小路和南边壕沿做参照物，重新步量了坟址，确定了墓地的位置。乾县政府对墓地进行了复原，修筑围栏将坟冢和农田隔开，划定一条从墓园通往田间道路的通道，墓碑由著名作家冰心题写。

墓地重修后的20多年间，由于管护缺失，范紫东墓再一次遭到自然和人为的破坏。围栏没有了，通道被果园挤占，墓碑上方的砖瓦残破掉落，杂草丛生，果树枝条蔓延，从田间经过，很难发现这里淹没着一处荒冢，而果园的主人也不允许旁人踏进自家领地。范紫东研究会会长吴钟久曾来祭拜，见此境况后写下："生前文章誉四海，一死名空作招牌……"喟叹世事沧桑，人心不古。

范紫东寓居西安城后，时时不忘故土，民国二十九年，由他编修的《乾县新志》甫成，他感怀道："不睹家山者十有五年矣，每一念及，辄为之神驰。"他帮助乡党张秦伯在乾县创立晓钟社，参照易俗社建制，取名"晓钟"，意在敲响晨钟，以唤醒民众。他亲任编剧，无偿将剧本《软玉屏》《三滴血》《玉镜台》等交与晓钟社排练，并多次给演员讲戏，提高其艺术修养。

老年范紫东

凡此种种，无一不显露先生眷恋故土之情怀。先生身后，劫波连连，手稿化为灰烬，坟冢夷平，墓园凋敝。范紫东曾有诗云：

> 意气不矜万物春，圆空证果岂无因。
> 惊心岁月终还始，入眼风云幻亦真。
> 过去生中谁是我，如来身后竟无人。
> 沧桑今古应常变，何处桃源可问津？

今天读来，悚动尤甚。岁月如此"惊心"，先生可找到自己的桃花源？

苦心孤诣为易俗

——高培支往事

从西安文昌门进去，顺着城墙，左边是著名的碑林博物馆，右边是下马陵。下马陵的第一个巷口叫兴隆巷。巷子逼仄、狭长，极不起眼。往里走，你若问起高培支故居，年轻人多半摇头；年长一些的要先想想，再说一句：后头；老人们则手一指，直接告诉你：42号。

高培支（1881—1960）陕西富平人，秦腔剧作家、易俗社四任社长

兴隆巷42号，易俗社高培支先生故居。一座典型的陕西民居建筑，建于清代中叶，为省市两级文物保护单位。小院坐北朝南，三开间三进院落，门楼上方"松茂""竹苍""平为福"几个镌刻大字呼之欲出，院内雕梁画栋，梅兰竹菊、麒麟、蝙蝠、梅花鹿，处处可见。

站在院中，不禁思绪纷飞。100多年前的某个清晨，高先生便是从上房东间出来，穿厢房，走过厅，出大门，经卧龙寺、端履门、东大街，一路步行至易俗社。常有人问："高先生来这么早？"答："我住得远么。"高培支到社先阅收支账、派演出节目、记演出日志。做完这些事，再步行至后宰门女中、北大街师技训练所给学生上课。晚上再来社处理社务，直到戏演完，大约零点以后，才回到家中就寝。如此日复一日，年复一年。

高培支曾担任易俗社的四任社长，历时14年之久，占中华人民共和国成立前易俗社历程的三分之一多，不在社长任期内，还担任剧务主任、社务主任、教育主任、营业主任、编辑等职，且每届任职均受命于时局危难、社况艰苦之时。1919年至1920年，担任第四任社长，正值军阀混战时期，社会动

扫码听戏

易俗大先生

荡不安,剧社营业锐减,债台高筑。1922年至1923年,任第七任社长,当时内部管理混乱,业务不振,学员无心演戏,甚至有一部分演员暗中酝酿推倒社长,拉班出走,几有搞垮剧社的可能。1938年1月,高培支第三次担任社长,1940年底,社员大会选举获连任,直到1948年8月辞去社长职务。这期间,经历了抗日战争,内忧外患,人心惶恐,是易俗社最为艰难的岁月。高培支时年已过六旬,仍躬亲不懈,带领社员和学生共克时艰。他曾在学员的毕业"训词"中说:"须知所学技艺,即是化装讲演,所负责任,即是改良社会。改良即革命,革命即是易俗。时间无停止,革命无停止,社会无停止,易俗无停止。任大责重,来日方长。"

高培支在易俗社40多年,共编写大小剧本50余部,多以扶弱反暴、伸张正义、劝诫人心为主题,代表作有《夺锦楼》《鸳鸯剑》《人月圆》《鸦片战记》等。从历史到现代,从家庭到社会,从官场到村野,从机关到学校,高培支广开创作思路,搜集素材,编写剧目,寓教育于戏曲之中。据当时演出者回忆,《人月圆》《纨绔镜》两剧演出后,有父子、夫妻同到剧社,感谢这些戏帮助他们戒了烟、戒了赌、戒了嫖,促进了家庭和睦。

《陕西易俗社简明报告书》评价其剧:"本社开幕,李桐轩、王伯明皆有本戏,然篇幅皆不甚长;长本戏之编,自培支《鸳鸯剑》始。其为戏也,善以极复杂之事实,错综变化,似将合而复离,意欲完而未尽,再接再厉,层出不穷。评戏者有'长江大河,波澜壮阔'之誉。"

高培支别号"悟皆居士",习佛,吃素,对己严苛,对学生亦是不留情面。他曾问自己,每次任事,何必"苦心孤诣,不自爱惜"?

自答曰:"嗟乎!此悟皆之所以为悟皆也。"

❋❋❋　❋❋❋

人皆趋彼，我独守此

高培支名树基，字培支，一生经历了清末、民国和中华人民共和国三个时代。幼读私塾，后考入陕西高等学堂，毕业后例奖"拔贡"。辛亥十月，在陕西都督张凤翙的总务府任铸印官。1912年12月被委任为教育部读音统一会陕西代表。

读音统一会的职责是审定"国音"，即法定标准音。成员一共80人，由教育部直接任命50人，其余为各省推举，每个省最多两人。推举代表条件严格，要求精通音韵，深通"小学"，谙多种方言。1913年2月，李桐轩、高培支作为陕西代表赴北京开会，一个多月后，统一会共审定6500多个汉字的标准读音，6月，注音字母制成公布。高培支被委以陕西省模范巡行宣讲团团长，大力推广标准"国音"。这是中国第一套由国家正式公布并在中小学校普遍推行的拼音字母，对识字教育和统一读音有重要作用。1914年，高培支以有功社会教育，由教育总长颁布二等金色嘉禾章。

看高培支先生年谱，发现其一生任职不少，履历错综，但职业性质极为单纯，皆与社会教育相关，如：省公立模范通俗教育讲演所所长，陕西省图书馆馆长，陕西省教育厅咨议，1920年起历任西安各中学、师范学校的国语、国音、算术教员，直至中华人民共和国成立。在这频繁的任职中，索资极少，有的纯属义务，不支薪金。在易俗社任社长期间，只有少许车马费，靠在学校上课的收入度日。他常说："这些学戏的孩子吃的是开口饭，我怎好从他们嘴里夺食呢。"

1926年"西安围城"，一块油渣卖到了近三十块银圆。高培支当时兼任陕西省图书馆馆长，每月只有三元伙食标准，其饭菜之差，可想而知。但他生性爱买书，一有闲暇就到各书局转悠，见有新书，即买书送馆，馆员见书即盖公章、登记，结果，书成了公物，书款成私债。因为各书局熟悉经费状况，认个人不认机关，所以公款化为私债，赔累不堪。高培支向上呈请多次，总以"经费稍裕，再行核发"为由，一拖再拖。直到1934年邵力子主政陕西时，闻知此事，方令补发。当时他已在学校教课，补发之资除陆续归结旧账外，余数则存商号，不敢动用，以为可借以养老。无奈货币变更：一改法币、二改关金券、三改金圆券，所积攒的一点薄资即刻化为乌有。

虽然生活清贫，但高培支不愿在官场钻营。早在民国初年，张凤翙任陕西民政长（注：相当于省长，总理全省政务）时，曾请他做官："现在县知事（县长）急需人，你对那里情况熟悉，政府准备委任你。"高培支回答："我一怕军人，二怕土匪，做不了官。"坚辞不就。友人责问："此等优待，他人求之不得，何故不愿？"高培支说："我如果当了县长，右手向老百姓要钱，左手就要交给'肩枪'的（即军队），良心何忍？"

邵力子主政陕西时，高培支因从前跟邵学习法义和西洋史，二人有师生之谊。前往拜会，邵力子询问他的近况，高培支回答"教书"。邵力子问："忙吗？"答："很忙！"过后有人笑他太迂阔，为何不说"赋闲"，也许可得提拔。高培支再见老师时，再次表明态度："科长、秘书干不了，科员以下不愿干，当县长，搞税收，不说要铺保，就是聘请，我也不干。现在以教书为生，只要能按时领到钟点费，我便心满意足了。"说完辞别离去，邵力子为之动容，亲自送他出门。

这两件事，可见高培支为人刚正、清廉。"人皆趋彼，我独守此"，这不是选择的问题，而是一个人生性如此。

学生罢课罢演，反对新章

高培支是易俗社的发起人之一。他深知社会事业与政府机关不同，而易俗社更与其他社会团体不同，事关教育，尤其学生的管理，难于学校万倍。

1914年3月，白朗西征陕甘，西安白天关闭城门。运转了两年的易俗社陷入停顿状态，不得不解散学生。7月战事平息，重新召回社员。大家念平日收入虽不甚丰，但何至如此窘迫境地。高培支说："元年《章程》不完备，使得负责社员无所遵守，普通社员不能过问。"遂推高培支起草，另拟新章。

新章程拟好，经评议会研究确定：新章条款有利于社务发展，将由社员大会公决后实施。消息传开，一部分学生强烈反对。开会之日，学生罢课罢演，来势汹汹，反对新章及拟定人高培支，并波及李桐轩、孙仁玉二人。面对这种情况，高培支及主要社员召集学生代表王安民、刘毓中、左醒民等开会。

高培支说："你们今日反对新章，殊不知此章专为学生谋利益。大家不想再见到今年春天解散时可怜的状况吧，如果你们深入了解，便会欢迎。至于我个人，我是本社发起人之一，照民元旧章，凡社员捐银一元者，对本社有发言、查账权。我先后捐过二百六十余两，当然有起草之权。该条文可用与否，一任大会公决，断无预先反对之理。"

几位社员晓之以理动之以情，无奈学生置若罔闻，没起到丝毫作用。第二天，高培支、孙仁玉声明离社。社监薛卜五急见李桐轩，"仁玉和培支已经走了，这可怎么办呢？"李桐轩说："我为社长，断没有离开的道理。"薛卜五说："学生罢课，怎么办？"李桐轩说："你是社监，负责何事？我该问你，怎么你反倒问我。"薛卜五羞恼不已。他是负责社内具体事务的社监，关键时刻当有所为，遂重笞那些带头闹事的学生，逃走者数人，一场风波暂告结束。

李桐轩带领范紫东、胡文卿等社员，恳请孙仁玉、高培支返社。社员大会得以继续召开，除对新章内容进行讨论修订并决定即日实行外，还成立了评议会，选举孙仁玉、高培支、范紫东、胡文卿、李保亭等十余人为评议，孙仁玉为评议长。

易俗社开办之初，学生皆年幼，事事服从，管理顺手。随着年龄渐长，人事纷繁，私心渐重，加之环境不良，社交放开的声浪一日高过一日，一些学生被所谓的"潮流"裹挟，有的甚至染上了烟瘾。小学生尚知畏惧，大学生则自由日久，习惯成性，演出期间不准时到社。高培支每遇违规者，一概严办，不敢稍宽。他曾痛心道："教养学生，原为藉以易俗；谁知结果，学生竟为俗易。多年希望，全成泡影。复增一敌，未免心灰。"

"史上最严"管理规则

事非经过，不知其难。高培支1914年拟定的新规，虽然顶住压力得以施行，但还是对一些细则做了修改和删减，直到1919年高培支担任社长，《易俗社管理规则》42条才真正实施。

管理规则分总则、演戏规则、寝室规则、会食规则、请假规则、会客

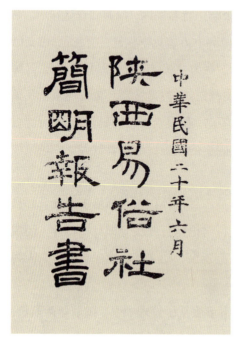

1931年编印的《陕西易俗社简明报告书》　易俗社章程

通信规则等,可谓易俗社历史上"最严管理规则"。以下选取几条,可见其严厉:

  学生宜爱惜名誉,不宜妄自菲薄,并不得与不正当之人私相往来;

  不得私受外界之赠予;

  学生无论何时、何地,见各社员均须立正、致敬,惟听讲、受教时,不在此限;

  无论毕业、修业生,衣冠俱宜朴素洁整;

  一闻铃声即齐集教练处,不得迟延过三分钟;

  无论扮何角色,均须按照教练所教音容、节奏,认真将事,不得故意敷衍,自由变更;

  化妆宜清雅,不得竞奇立异,贻笑大方;

  就寝熄灯后,不得谈笑;

  未摇铃前,不得先入食堂,摇铃以后,不得迟过三分钟;

  新旧各生,须将会面及通信之家族、亲长姓名、职业、住址,分别声明社监,填入亲族调查簿,以备查阅。如其亲友姓名未列入簿中者,一概不准会面及通信;

  会客时间,至长不得过一小时。

除制定一系列具体规定外,还拟了"勤""俭""洁""整"四字社训,八条守则。具体内容为:

  勤:恪守时间,努力服务。

  俭:爱护公物,拒绝嗜好。

  洁:注意卫生,讲求美育。

  整:服从纪律,提高人格。

当时社会上流传一句话:"要想惹气,领一班戏。"说明娃娃班难管,须宽严并用，方能提高其人格，使之成家而立业。高培支很关心学生的病，有病就让到社约公报的"万全堂""济盛福"或红十字会医院就诊抓药，有时自己给学生患疮上敷药。他吃饭和学生一样，从不另做。办公用纸，经常利用废纸反面写，扯下的日历页作便笺。对学生常讲"笑垢甲（污垢）不笑补丁"。他坚持食堂、教室、后台轮派值周生，要求：放物有定向，不可胡乱放，既从取处取，须向取处放。

学生宿舍每室四人四床，一桌二凳，门左侧挂白木牌，写学生姓名。食堂二十五张红方桌，一桌八人，上挂一红牌，写八人名字，师生同堂进食。花园种的果树花木，定名挂牌，专人负责浇灌护养，果子成熟，上交分食，不得私攀偷食。学生入社发给内外冬夏服，被、褥、鞋、袜，出外洗澡、参观、演出，必须整队前往，不得散兵游勇。《新章》赏罚分明，每月每年有功者赏，有过者罚。

预算超支，引咎辞职

易俗社初创时，社址位于盐店街八旗会馆，随着学生增多，业务逐渐扩大，原剧场已不能满足发展需求。遂于1919年买下关岳庙街的"宜春园"剧场。

"宜春园"本是清末甘肃固原提督张志行之子张少云，在关岳庙前的一块空地上修建的室内剧场，供皮黄戏（京剧）演出。陆建章督陕后，对此地垂涎三尺，凭借权势，从张家人手中廉价买来，做了一番修葺，招徕江湖班社唱戏。后陆建章离陕，"宜春园"几经倒手，易俗社觉得这块地方合适，多次洽谈，最终以六千银圆买下，几乎动用了社里大半资产。高培支时任社长，负责剧场的改造翻新，为吸引观众，舞台加装"转台"。从6月到8月，工程大致完竣，内外焕然一新。社员开会议决，关岳庙前新置房产为本社，盐店街八旗会馆为分社，甲班学生仍留守分社，乙班学生迁往本社，两班分别演出。高培支住分社，每天东西两边跑。

易俗社第二期学员毕业师生合影，第二排左三陈雨农、左五李约社、左六高培支、左八孙仁玉、左十范紫东

其时社里资金捉襟见肘，除用于改造剧场，还要维持社务、日常演出。高培支提出："广泛宣传，争取社会进步人士资助；印行新编剧本，赠送、销售全国各地函索者。"消息传开，山东、河北、河南等地剧社纷纷来函索新剧本，如《柜中缘》《三回头》《双锦衣》《软玉屏》《小姑贤》等，风行全国各剧种，成为上演不衰的传统剧目。高培支还主张，"吾陕腔调，出力多而难见好，且为省外听不惯，不如皮黄，各省通行，日后可再添一班，请皮黄教练教之，排吾社所编新剧"。

易俗社曾多次遭遇天灾、匪祸，有同仁感到"一些演员受社会影响，沾染了烟、赌、嫖的恶习，不能易俗反被俗易，学生不知自爱，令人万分灰心，不如解散还账"。就连创始人李桐轩也动摇了，提出"他项笔墨亦能易俗，何必长此演戏"。但高培支认为欠外债过多，卖戏箱无济于事，且小学生何罪？一经解散不可收拾。

1920 年 1 月，社员大会决算上年度营收，新剧场翻修预算超支，评议处大起弹劾。孙仁玉称，是他主张甲乙两班分开演出，分住东西两处，开支过大，以致负债日多。高培支称，作为社长，对经费超支负有直接责任。遂引咎辞职，方平息舆论。在 1929 年编印的《陕西易俗社第二次报告书》中，高培支写道："社中资财，全由编辑、教练、学生，以及其他许多人血汗所收入，必一分一文，加以爱惜，用得其所，方觉心安。"

"学生自治会"风波

1922 年 1 月，社员大会再次推举高培支为社长。他以自己生性戆直，事过认真，恐与同仁冲突有伤感情，避不应选。但选举过去 10 多天，社内无人主事，而旧历年关将近，社务繁忙，不得已，高培支只有就任。

经过前一届任职的经验，高培支知道，这个社长很不好干，而他又决不能敷衍，"盖不任事则已，一经任事，则无论制度若何，名义若何，全社 100 余人之安危利害，咸责备于一人之身"。

没想到，第二个月就出事了。当时甲班学生在汉口，西安本社演出由乙班勉强支撑，但艺术水准退化，入不敷出，个别学生少不更事，心怀野心，密谋拉班出走。高培支管理学生一向严厉，心急性躁，面斥人非，对老社员也不留情面。遂开评议会，果断开除了庶务员庞文华，犯规学生阎宝华、何注易，社风为之一肃。不久甲班回陕，演出逐渐走入正轨。高培支以为危局已过，不想更大的危机还在后头。

1923年3月，以刘迪民为会长，王安民、刘毓中为副会长的学生自治会成立。这原本是一个维护学生权益的组织，却出现了甲班大学生欺压丙班小学生的现象。丙班学生不服，报告社长，以作抵制。王安民等先发制人，不依社章，私自开会，并殴打了小学生韩佐国、朱训俗。晚间，高培支、师子敬召韩佐国问话，看他走路腿有点跛，再三追问，韩不敢说，又问朱训俗，才说被甲班的学生打了。高培支又急又气，第二天，召集学生开会训话，讲自治会之意义，"遇事功须自策自励，遇过失须自怨自艾，遇夸须自谦，遇谤须自修；对待同学须相亲相爱，相友相助，方合自治之宗旨"。会议决定，学生自治会暂行解散。9月，高培支奉令，为陕西省图书馆到京、津、沪、杭等地购买图书，并考察各省图书馆事务，提出辞职。评议处以任期未满，举评议长吕南仲代理社务。

吕南仲任内，对学生管理宽严不均，乙班学生常向高培支诉苦。高培支和李约祉商议，起草全体加薪的方案，令甲班个别学生不满。在学生大会上，高培支说："大小学生，如一家兄弟，必须一视同仁，方能各得其所。此次全体均加，有何不公？难道依吕社长的办法，令小学生不能维持，铤而走险吗？"但王安民等以请长假相要挟，加薪举措未能实行。据易俗社《编年记事》载："大学生跋扈，社长权柄授人，社务废弛由此始矣。"

1924年以后，演员中坚力量苏牖民、王安民、刘毓中先后出走，或自组班社，或入江湖戏班。每念及此，易俗社同仁无不惋惜。1927年，社里债务纠缠，大学生有烟瘾者甚多，有社员提议变卖戏箱，先还紧账，暂行解散。复举高培支为社长，高培支坚辞。编辑李斡城痛心地说："培支两任社长,坚苦耐劳,成绩卓著,假若十二年(作者注:指民国十二年,即1923年)不辞职,维持至今,必无今日之举。"故一再推选他出任社长,设法维持。

高培支说:"从前种种譬如昨日死,从后种种譬如今日生。"提议改社长制为委员制。李约祉任委员长,高培支任社务主任。

十四年抗战,坚持练功演戏

1938年1月,高培支被推选为易俗社第十一任社长,这是他任职时间最长的一次。抗战十四年,国民党抓壮丁补充兵源,易俗社演员以年轻人居多,害怕被抓,终日惶惶。加之敌机不时轰炸,有时正演出,突然警报鸣响,演员顾不上卸装,就往防空洞跑。久而久之,学业荒废,练功、演出都无法正常。高培支意识到,抗战不可能短时期结束,这样坐吃山空,终究不是办法。

抗战初期,大家在社内的花园挖防空洞,后来敌机一日数炸,周边平房和临街楼都被炸毁。城里待不下去了,高培支带领学生,早上每人背十个馍,赶九时集中到距城十五里外的东南乡观音庙村。在那里租了两间土窑,坚持给学生上课、练功、排戏,晚上回去继续开台演戏。高培支年已六旬,和大家一样早出晚归,往返步行三十里,每日照常给学生训话,督促排练。

秦腔演员雷震中曾说起过高培支"受诬"一事:民国二十九年,日军空袭西安,易俗社剧场和宿舍西楼被炸,硝烟弥漫,高培支如坐针毡,忽有四五个宪兵入社,声言抓"放信号弹的汉奸",搜出高培支看书用的放大镜,诬为汉奸所用的对空"反射镜",当即要逮回盘问。外交秘书姚应春和茶房杨福治说:"这是社长。"但怎么解释,宪兵总是不信。无奈之下,姚应春代社长入宪兵队受拘审查。事后,高培支感叹:"荒乱年间,秀才遇见兵,有理说不清,我一生最怕兵哟!"

秦腔名旦王天民在高培支代表作《夺锦楼》中扮演钱瑶英

有一回正排演《牧童艳遇》，日机突然轰炸市区，高培支急令中止排练，大家都往西南树林内的简易防空洞钻。那天，莲花池一带及王家巷炸得最惨，树枝上挂满了人的肠肚和衣服。剧作家樊仰山是《牧童艳遇》的作者，他在《八年抗战中的陕西易俗社》（"八年抗战"是关于抗日战争时间的过去提法）一文中回忆："投弹的地方和防空洞距离不过六七公尺，震得我们浑身是土，东倒西歪，小学生吓得哭叫不止，王天民面无人色，好久也问不出一句话来，真是死里逃生。"

在这种境况下，生命尚且不保，谁还想到发展艺术？但正如高培支所讲，"革命无停止，易俗无停止"。那时排演了大量反映抗日内容的所谓历史装扮、现实题材的戏，如《长江会战》《湘北大捷》《血战永济》《卢沟桥》《东望楼》等。以今天的角度看，披上靠蟒、绘上面谱演抗日题材，长矛短刀对打，旧瓶装新酒，艺术上确实有待商榷。但在当时，观众是完全能够接受的，而且起到了激发民族抗日热忱的作用。

易俗社挺过十四年抗战，不能不说是一个奇迹。这里面有许多如果，如果剧场被炸毁，如果学生解散，如果没有维持夜戏，如果没有同仁一致坚守，如果高培支不当这个"困难社长"……也许会是另一种情况。但是，所有这些"如果"都没有发生，当时全国不少剧社偃旗息鼓，而易俗社坚持了下来。

两篇训词，一片婆心

高培支留有两篇"训词"，是在学生毕业典礼上的讲话。一篇作于1919年，第三届学生毕业；一篇作于1929年，第七届学生毕业。两篇"训词"相隔10年，但所表达的思想是一以贯之的，即"抱定宗旨，改良社会，提高人格，移风易俗"。

高培支说，学生毕业，老师理应高兴，但他却有一丝隐忧。最初两届毕业生，合计百余人，至1919年在社者，仅有36人。而这36人中，有嗓

1917年12月5日《夺锦楼》戏报　　　　"49级"演员张咏华和陈妙华演出《夺锦楼》

子坏了的；有身患疾病的；更有"不能易俗反被俗易"，失了操守的，人数几乎占半。究其原因，高培支认为，是学生"智育发达太早，藐视体育、德育之故也"。因为藐视体育德育，所以"只求一时之快，而不顾其后"；所以"戕害身体，公然为之而不惧"；所以"从此正人先生日益远，流氓地痞日益亲"。让他担心的是，第三届毕业30人，第七届毕业15人，有几人能抵抗流俗，不被淘汰？

易俗社虽以移风易俗为宗旨，但实含有一种救济贫民子弟的性质。学生入社之初，多衣衫褴褛，形容憔悴，经几年学习演出，居然置田置产，成家立业。这是谁的功劳呢？学生未毕业之前，饮食、衣服、卧具、医药、文具、书籍，皆由社里承担；除工作外，月半月终，根据表现给予奖励，每有新剧演出，还会额外奖励。而毕业后，个人生活用品需自备，还要与先生们分担社务工作，社里有盈余，方能分配利润。因此，有的学生觉得，毕业不如不毕业。高培支在"训词"中说，对待成人与对待小孩自然不同，当更加严格，他要求学生时时刻刻恪守"勤俭洁整"四字社训，"勿口是心非，勿面从而后言，勿自视太高，或恃才以凌人；勿自视太卑，竟与下流为伍。对先毕业者，当视之如兄；对未毕业者，当视之如弟……"时人评价，两篇训词"体贴入微，训诫纂详；一片婆心，跃然纸上"。

高培支为教育用尽办法，甚至一度想以佛教感染学生。戏剧家欧阳予倩在1931年出版的《予倩论剧》中，提到高培支教学生念佛的事情。当时冯玉祥以基督教治军，高培支受到启发，想以佛教治学。他每天早晨五时齐集社员和学生，念佛十声，再整队训话、唱歌，风雨无阻，日以为常。

中华人民共和国成立后，高培支担任副社长。他年近古稀，依旧是严厉而面冷，学生们怕他，也敬他。易俗社第一期学生、唱老旦的贾明易当时50多岁了，远远看见高先生过来，低头垂手侍立，毕恭毕敬，等高先生过去才敢走开。高培支房中有个铜铃，学生在院内练功，他隔着玻璃看，谁不好好练，他就摇一下铜铃，出去便是一顿训斥。他常说："不枉为易俗社学生，不白费诸先生之心血，予亦与有荣焉。"

"学生装"和"祭孔"事件

过去千百年来，一入梨园行，自觉人格降低，对于所谓的上流社会不敢与之分庭抗礼，而普通人对伶界人士，要么视为卑贱，要么视为玩物，生不能进祠堂，死不能入祖坟。易俗社在提高艺人的社会地位方面做了很多努力，"祭孔"便是其中一件。

高培支任社长期间，为了使易俗社有别于其他江湖班社，给学生每人做了一套制服，制服仿照当时西安流行的学生装样式，三个兜，腰间有带子，大檐帽带帽徽，帽徽上有"易俗"两个篆体字。学生经常穿着这套制服列队上街，遇到演出，前面还有军乐领队。这在当时的学界引起很大争议,有学校向易俗社表示抗议:"'戏子'怎么能穿我们的学生服呢?"易俗社答复:"我们也是学校——戏曲学校!"两方争执不下,便告到教育厅。易俗社是在教育厅备过案的,为平息舆论,有人提议:组织一场文化课的会考,让易俗社学生也来参加。

这是一场特殊的考试,教育厅出题并监考,科目为作文、算术、历史、地理。据《西安文史纵横》一书的"梨园轶闻"记载,考场设在陕西省第二中学,由二中选出五名学生,易俗社选派五名学生,现场答卷。考试结果不相上下,但易俗社的学生字迹工整,尤其是张秀民写得一手蝇头小楷,让人刮目相看。易俗社终于占了上风。西安其他剧社受到鼓舞,纷纷效仿易俗社穿上了学生装。

会考不久,一年一度的"祭孔"活动开始了。高培支决定趁热打铁,带领学生进文庙祭奠孔子。活动当天,他们起了个大早,学生在前,教练职员在后,军乐队向导,抬上三牲祭礼,列队出发。传统"祭孔"要行跪拜礼,而易俗社却是在军乐队演奏完毕后,行三鞠躬,更显示其进步和文明。从此,易俗社"祭孔"不再是新鲜事,成了每年的惯例。

丁玲"西战团"在西安

1938年,由丁玲带领的西北战地服务团(以下简称"西战团")来西安开展工作,促进抗日宣传。第一步就是落实演出场地,他们带着前线的战利品——日本蚊帐和军毯,找到易俗社。当时的社长高培支是有些戒备的。

经洽谈,虽然同意给剧场演出,却要按规定每场收一百元的租费,分文不能少。丁玲说:"从前线回来宣传抗日,不能优待一点吗?"高培支答:"不能!"进而告诉他们,易俗社的经济问题和其他大问题一样,都要由社委会和全体成员集体决定,个人做不了主。确定票价时,丁玲提出每张票只卖二角钱,高培支劝他们:"这么低的票价,卖满座也得赔钱。近日日本飞机天天来炸西安,有几个人把看戏看得比保命还重要?何况,你们这些节目……到底不是'十大本'。"高培支起初并不明白"西战团"的目的是宣传抗日,真心替他们担忧起来。

可是,第一轮演出结束后,高培支却怎么也不肯按原定场租收费,推让了半天,七场演出一共只收二百元。怎么回事呢?原来易俗社深为"西战团"的演出内容和工作作风所感动,所以,尽管那时易俗社经济状况很差,每月只发四分之一的薪金,社委会还是决定少收或不收"西战团"的场租费。

正是这样,"西战团"在西安的两次公演,便都在易俗社剧场了。高培支几次对丁玲说:"哪里见过你们这样的剧团,不分当官的,当差的,都演,都忙,堪称'梨园楷模'呀!"

当时"西战团"完全按战地宣传队的作风行事。一天演出两场甚至三场,带妆在舞台上从早泡到晚,开饭了,一人端个铁盒子,往地上一蹲,十几个人凑一圈就吃起来。吃完,随便找个墙角,或靠个柱子,打一会儿盹儿,又跳起来演出。几场下来,就和易俗社的人打成一片,有空就去演员的房子坐坐,交朋友,教唱抗日歌曲。一些青年演员像肖润华、王天民、王蔼民、车裕民等,被他们所介绍的陕甘宁边区和山西前线的情况迷住了。

在易俗社大会上,高培支多次要学员们学习"西战团"的吃苦精神,好好学艺,同时帮助他们搞好演出。"西战团"的古典戏行头不够,易俗社让他们随便选用自己的戏装、道具、布景;"西战团"要演秦腔,易俗社演员便帮他们化妆、贴鬓;文武场面(乐队)由易俗社全包下来。有一次,西战团一位演员生病上不了场,易俗社的肖润华便主动顶替。

"西战团"离开西安时,易俗社送给他们全套生、旦、净、丑行头。这是陕甘宁边区第一套完整的秦腔行头。"西战团"有位青年演员叫夏革非,身段、扮相有点像秦腔名旦王天民,唱腔清亮宛转,韵味十足。加之她的戏装也是借王天民的,老百姓都传:"延安下来个王天民。"常常是夏革非还未上场,在侧幕内唱一句,台下就爆起个"满堂彩"。可见,易俗社对"西战团"艺术的影响也不小。

1979年8月,文化学者肖云儒前往江西庐山一家疗养院拜访丁玲。听说是西安来的朋友,丁玲很高兴,谈话间问肖云儒:"高先生还在吗?真应该好好感谢他。"肖云儒说:"高先生是1960年去世的。去年易俗社重排他的《夺锦楼》,连演上百场,观众不衰……"丁玲听了,默然半晌,才缓缓地说:"生活对他还算公平。不然,到了'文化大革命',光接待我们这一条,就够老先生受了。"

永远的"高爷"

在"49级"学生的记忆里,每天清晨,高培支总是第一个进易俗社大门。站在院内,他先咳嗽一阵,"哎咳!"声音洪亮。学生宿舍的灯一盏一盏亮起来,嘈杂声四起,"高爷来了!高爷来了!"此时,起床铃声骤响,学生们迅速整理好内务,奔向练功场。

年近八旬的秦腔名旦张咏华至今不能忘记,冬日清冷的早晨,高爷穿着一件灰色旧长袍,围毛线围巾,光头不戴帽,面庞清癯。"他看起来严肃,其实待人心暖。"张咏华说,高爷看她的表演有进步,特地告诉她,不但要好好学业务,还要努力学文化,"为了鼓励我,高爷送我一本《人民字典》。是中华人民共和国成立初期出版的,布面书皮,60多年来我一直珍藏着。"

让张咏华印象深刻的还有,高爷从不搞特殊化。"他有权批赠票,但他不允许自己的亲友看'白戏'。他一生布衣粗食,一分钱也要节约,在易俗社不领工资,仅有车马费,但他都是以步代车。他教育学生没有什么豪言壮语,都是很朴素的话,却有着很强的凝聚力。即使离社多年的学生,回社时见到他仍然恭恭敬敬,聆听他的教诲。"

当然,也有不怕高先生的学生,比如全巧民。全巧民11岁进易俗社学戏,班上十几个女生,名字的最后一个字都是"华",唯独她是"民"。这里面有个有趣的故事。

新生入社,必须到高培支那里去取名。全巧民是和陈妙华一块去的。高爷问："你俩谁大？"全巧民说她大。高爷问叫啥名，全巧民说叫全巧玲，陈妙华说叫陈韵琴。高爷提笔写了两张字条，一个写"全巧华"，一个写"陈妙华"，还说这叫巧妙结合。

陈妙华拿着字条，高高兴兴地回新生部了，全巧民却瞅着字条发呆。高爷说："你还等啥呢？"她也不知道哪根神经搭错了，说不要这个"华"字，不好听。高爷说："'中华'是咱的国名，你还想咋？"全巧民顺口说："'中华'好吗？"高爷笑着说："全中华，好是好，只怕你娃扛不动。"看全巧民就是赖着不走，高爷无奈，只好把"华"字改成"民"字，还说，自易俗社创建以来，还没人敢在他跟前说个不字，全巧民是头一个。全巧民不敢再犟了，"巧民"就"巧民"吧。高爷又用毛笔写了"全巧民"三个字，说："快去快去，没见过你这么粘牙的娃！"

全巧民说："高爷学问深，给学生取名很讲究，有一学生姓牛，他说：牛利于农耕，是农民耕田的宝贝，便给其取名牛利民。还有王霭民（爱民），王，就是皇上，皇上要爱护黎民百姓，所以取名王爱民。每一个学生的名字，都有美好的寓意。"

有了改名字的经历，全巧民更加"无法无天"。高爷是居士，吃素食的，常备一罐油泼辣子。全巧民嘴馋，见天儿地拿着馍到高爷房里找辣子吃，大人们都不敢随便进高爷的门，全巧民却不怕，进门先问高爷，把辣子藏哪里了？高爷故意不说，她就到处找，高爷治不住她，只得说："甭翻了，甭翻了，看把我的茶碗弄打了。"然后从架板上端出辣子罐。全巧民夹了辣子馍，满心欢喜地跑开了。

全巧民还记得高爷和范爷（范紫东）对诗的事。范爷平易近人，没有一点架子，晚年不常回社。有一次范爷来了，大家都围着他问这问那，有说有笑。一会儿范爷去了高爷办公室，俩爷在办公桌旁落座，范爷看见桌上有一包烟，若有所思地说："闲暇无事想抽烟。"高爷不紧不慢回应道："有烟没火也枉然。"

全巧民说："你看俩爷多默契的，说话就跟唱戏一样。"这几件事，只要有人采访,全巧民就讲,越讲细节越清晰,她的眼睛渐渐湿润,有了点点"星光"。

兴隆巷 42 号

2012年,著名主持人陈爱美在陕西省政协会议上,把保护性开发高培支故居作为一项重要提案,获得了多位委员的共鸣和赞同。

"兴隆巷42号,是著名剧作家、教育家高培支先生的故居。这样一座西安古城墙内仅存的完整清代民居院落,却在历经百年沧桑之后,寂寂湮没于钢筋水泥高楼之下,年久失修,日见颓势,几成危房。如果不尽快进行修缮、保护,很可能在不久的将来面临倒塌消失的命运,成为老西安文化永远的遗憾。高培支故居不仅是关中民居建筑文化的重要遗存,也是易俗精神的历史见证。高培支曾四任易俗社社长,被学员们尊称为"高爷"的老社长高培支正是在这里,写下了《夺锦楼》《亡国影》《甲午海战》《鸳鸯剑》等一系列不朽的剧作。易俗社是世界上现存的三家最古老的剧院之一,2012年是易俗社百年华诞,以此为契机,结合陕西文化旅游和振兴秦腔艺术,对高培支故居进行保护性开发。"

在提案中,陈爱美呼吁:应借鉴绍兴鲁迅故居、乌镇茅盾故居等名人故居的保护性开发模式,积极吸纳民间力量,塑造属于古城西安的近现代文化名人故居品牌。

时光荏苒,一晃7年过去了。兴隆巷42号像一处被遗忘的角落,孤独而顽强地存在着。在高培支孙媳,张菊芳老人的陪同下,我们重访了这座百年老宅。院落为长方形状,南北长50米,东西宽12米,建筑布局为三开间三进院落,街房、厢房、过厅、二门、上房一应俱全。两侧厢房是"房子半边盖"的典型陕西民居特色,过厅为硬山明柱出檐式,前后、东西相向对称,上房为硬山明柱出檐二层楼。

张菊芳老人抚摸着斑驳脱落的墙壁,连声说"可惜"。"我也有两三年

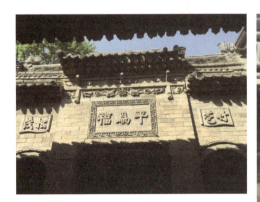

高培支故居（摄影/刘波辰）

没来了,听看门的人说,小偷倒是来过几回,翻墙进来,把东西往外吊。"老人说,过去与高家宅院相连的,还有另外四座清代民居,可惜在20世纪90年代被拆了。"十年'文革',这块'孝阙流芳'的匾被我们卸下来,藏在我奶奶的寿材后面,才保存下来。院里的这些砖雕,'平为福''竹苍'等,当年都是用泥糊严实了,才没有被铲掉。"

当年,张菊芳的丈夫,高培支嫡孙高公信为了保护这座老宅子,经常骑着一辆破旧的自行车,在省、市文物保护部门奔走呼吁。终于,兴隆巷42号相继挂上了省、市两级文物保护单位的牌子,并得到了修缮。而为此耗尽心力的高公信先生却"壮志未酬身先去",一系列振兴秦腔艺术、保护性开发老宅的计划也就此搁浅。

张菊芳是1961年结婚后搬进这个院子的,到2005年离开,在老宅住了40多年。高培支1960年去世,她没有来得及见上丈夫的爷爷,但听丈夫讲过不少往事,"每逢春节或高培支生日,易俗社的师生们都会赶来给他拜年或祝寿。那时真是热闹……房子一没人住,就破败了"。

相思非是远,风雨遣情多

——封至模往事

1931年封至模受聘于易俗社的时候，儿子封玉书刚刚出生。

那时封至模已将全部精力转向戏剧教育和导演工作，所以封玉书后来总是遗憾没能亲眼看见父亲在舞台上的风采。聊以自慰的是，家里存有近百张父亲的戏装照，民国摩登女郎、《贵妃醉酒》杨玉环、《拾玉镯》孙玉姣、《群英会》周瑜……封玉书惊讶于父亲竟演过这么多戏，那一帧帧被定格的画面，似乎是父亲在与他对话。回想过去，他们父子俩相处的日子实在太少，当他想和父亲好好说说话时，父亲已经中风失语了。

封至模（1893—1974）西安市长安区伯夷坊人，戏剧家、戏曲教育家

虽然没有看过父亲演的戏，封玉书倒是常看父亲排戏。印象最深的一次，是在夏声戏校，"他坐在椅子上给演员排练，我就趴在高高的椅背上看，排到兴奋处，他猛地站起，我一下子失去平衡，从椅背上摔下来，伤得很重。"封玉书说，后来他也走上了艺术道路，在原南京军区歌舞团军乐队担任指挥，虽然父亲没有直接教过他，但他小时候常去剧场玩儿，听父亲说戏，分析角色、剧情，后来想想，其实都是潜移默化的结果。

封至模的最后三年是在南京度过的。

南京，是封玉书生活工作的地方，是封至模人生的终点站，"父亲无时无刻不思念着故乡，但他最终却葬在了南京"。封玉书讲起一件往事，父亲在南京身体偶有好转，非要去照相馆照一张相，当时他在外地演出，便由妻子周光仪陪同。封玉书说："出门前父亲执意要拿一张报纸，妻子不解其意，照相

扫码听戏

时，父亲将报纸折好，露出报头，还特意叮嘱摄影师，一定要将'陕西日报'四个字照出来，妻子这才明白父亲拿报纸的含义。"

无论一个人生前多么辉煌，临走那一刻总是有些落寞的，何况离家千里之遥。封至模是戏剧界公认的"通才"，精通话剧、京剧、秦腔、舞美、音乐、表演，所写论著百万字，却没有一篇是写自己的。三年前，在主持人陈爱美的牵线促成下，封至模的最后一个工作单位，陕西省戏曲研究院为封先生撰写了墓志铭。用封玉书的话讲，"这是来自公家的肯定，对父亲和他都是一个安慰"。

✳ ✳ ✳　✳ ✳ ✳

从伯夷坊到景龙池

长安伯夷坊至今流传着一句俗语，"上了八里坡，伯坊的秀才比驴多"，这里的伯坊，即伯夷坊，相传是商朝大贤伯夷、叔齐的故乡。虽然历史上伯夷宁可饿死，不食周粟，但在他死后，周天子还是修建了伯夷庙，以纪念其贤德。据当地人讲，每当雨过天晴，头枕在庙前的门槛上，便可西望长安。

封氏是伯夷坊的大姓，至今仍有一千余户人家。封至模出生时，一家人已从伯夷坊迁居至省城东关景龙池。景龙池的来历也不小，唐景龙年间，这里为九王子府邸，唐玄宗李隆基幼年便居于此，据传地下水涌出成湖数亩，得名景龙池。封至模祖父虽然经商，但从未忘记伯夷坊的祖训，崇尚读书，重视教育。封至模原名挺楷，字至模，便是取"楷模"之意，以希光耀门楣。至模幼时体弱，但聪颖过人，10岁入私塾开蒙，后入改良私塾植基小学堂，除了学习经史子集，还加了国文、算术、对联声韵等课程，他都能很快掌握。在八仙庵学堂念书时，因成绩优异，还获得过逃难至西安的慈禧太后、光绪皇帝的奖励。家里人怎么也不会想到，这个学习上进，热爱读书的孩子,以后会和戏剧发生关系。

1911年农历九月初一的早晨,18岁的封至模猝不及防地闯入了"革命"现场,大街小巷,旗人四散奔逃,呼天抢地,穿着军装的士兵,白布为号,白旗为令,看见旗人就抓。由于汉人旗人一时难以分辨,不知谁想了一个主意,见人就问脚上穿的是啥?回答"鞋"(音 hai)!就放过去,若是回答"鞋"(音 xie),就砍头。士兵高呼:"举义排满,与汉人商民无关!"第二天,封至模才知道,西安革命军起义了。一连几天,起义军逐巷搜索,歼灭残敌,清军死的死,逃的逃。起义军传令,严禁杀戮,城内战事遂告平息。那段日子人心惶惶,商店关门,学校停课。10月27日,陕西军政府正式成立,推举张凤翙为秦陇复汉军大统领,号召在省城读书的学生速回各地,宣传西安起义成功的消息,策动各县的反清斗争,建立地方革命政权。很多学生回家了,而封至模关心的是,什么时候能恢复上课。1912年,留美学生惠甘亭在东厅门开办英算专修班,封至模以第一名的成绩入学。后专修班并入西北大学预科,学校送封至模等人到上海同济大学预科学习德语,正准备升入本科之际,北洋军阀陕督陆建章突然下令西北大学停办。无奈之下,封至模只好返回陕西,那是1915年,他的学业又中断了。

1916年,封至模插班入省立第一师范学校,开始接触西方戏剧家莎士比亚、易卜生的作品,他被深深地吸引了。他经常看秦腔,结识了易俗社的李桐轩、孙仁玉、高培支、陈雨农等人,他觉得,易俗社的戏还可以更新颖些,甚至可以融合西洋戏剧的特点。封至模根据明末将领史可法乔装打扮到监狱探望恩师左光斗的故事,写成了他的第一出秦腔折子戏《师生鉴》,后经李桐轩加工润色,改名为《新探监》,交由易俗社排演。虽然只是一出短剧,于封至模而言却是他戏剧事业的发端。

封至模扮演幽兰女士

北京求学,组建戏剧社

从师范学校毕业,正常的职业轨迹应该是做一名教书先生,但冥冥中似乎有一股力量,将封至模推向北京,推向广阔的戏剧舞台。

1920年,北京国语传习所在陕招生,封至模以第二名考取。传习所旨在普及新的注音字母及国语拼音,学习期限只有两个月。课程结束后,封至模本欲回陕,适逢教育部在北京创办美术专门学校,他又去报考并被录取。遂报请陕西省教育厅批准,待从美术学校毕业,再回陕教授国语课程。在北京的三年,封至模系统学习了美术专业知识,掌握了标准国语,和话剧界、京剧界人士往来频繁,亲自参与话剧、京剧的演出,这些,都为他日后成为戏剧"通才"铺就了道路。

当时话剧界尚无女性演员,排戏时常由封至模扮演女角,主演过《一念差》《美人剑》《一元钱》《恩仇记》等话剧,最有影响的是他和戏剧家李健吾同台演出的《幽兰女士》,他扮演幽兰,李健吾演丫鬟。

《幽兰女士》是剧作家陈大悲的代表作,一经首演,轰动京华。主人公丁幽兰是一个有着进步思想的女学生,她的家庭看似圆满,实则如华服下掩盖的虱子,她决意"从黑暗中奋斗出光明来",无奈力不从心,最终以悲剧收场。观众为剧中人惋惜的同时,也记住了演"幽兰女士"的叫封至模,是北京美专的学生。1921年5月,封至模与沈雁冰、欧阳予倩、陈大悲等人组建了"民众戏剧社",编辑出版《戏剧月刊》。1922年11月,又与陈大悲、蒲伯英、王仲贤创办"人艺戏剧专科学校",陈大悲任教务长,封至模担任教员。在20世纪20年代,中国新兴话剧尚处于初创阶段,封至模起了一定的推动作用,从而位列中国话剧运动的先驱之一。

在北京的日子,封至模迷上了京剧,他请当时著名京剧票友王寿山、老三庆班名伶李宝琴传授青衣、花旦戏。初学时,仅为清唱,后来加练做工表演,学会了高难度的旦角"踩跷"。他以票友身份参演《梅龙镇》《拾玉

《梅龙镇》踩跷图

镯》《贵妃醉酒》《十三妹》等戏,扮相秀美,声情并茂。京津行家的推崇,使他一度想在天津"下海",搭班演戏,成为一名职业京剧演员,后因家庭坚决反对而作罢。

离开官场,加入易俗社

1923年,封至模学成归陕,先后在景龙中学、省立一中、省立三中、省立师范、富平县立诚中学教授国语和美术。他也短暂地担任过西安邮政包裹税局局长、骡马市蓄税局局长、陕西省财政厅编纂主任等职,做出了一定的政绩。涉足官场非封至模本愿,只是因缘际会之举,而让他念念不忘的,仍是从事和发展戏剧事业。他曾说:"在此故多有好之者,然皆以娱乐视之,绝少以文学、艺术目之者。"可见,他是把戏剧视为文学和艺术,并不是简单的娱乐。1931年,封至模离开官场,正式加入易俗社。这在世俗人眼里是不可思议的。

其实,封至模早为这一刻做好了准备。回陕之初,他即和著名京剧票友李友鹤、李逸僧等组织"广益娱乐社",演出京剧的同时,学习秦腔,凡西安有大的节庆活动,他必登台献艺,成为票友中最为活跃的成员之一,当时《剧学》月刊记载,封至模"能演戏58出,拿手戏有《探母回令》《汾河湾》《浣花溪》《玉堂春》《穆柯寨》等"。他对传统戏曲的态度是,先实践,再研究,没有这两者做基础是绝不肯轻易下结论的。对于易俗社,他认为,"秦腔之不流为江湖卖艺小班,而打入国人意识中,易俗社之功也",他在排演中引入了话剧、电影的创作方法,同时吸收京剧身段、手势、水袖、扇子等技巧,丰富了秦腔艺术,西安剧坛为之一振。

1931年编印的《陕西易俗社简明报告书》对封至模加入易俗社做了记载:

> 至模先生,系北京美术学校毕业生,善演花衫,唱仄音宛转曲折,不亚梅欧,在京津串戏,即有名。归陕后,艺益进。每一

易俗大先生

1930年冬，封至模（左）为庄正中指导《群英会》时合影

庄正中《群英会》之舞剑

登台，座辄拥满，近复兼唱秦腔，亦能推陈出新。本年一月，与陈雨农为庄正中、刘文中排练《白门楼》，唱白姿势、情态舞蹈，色色俱精，面面俱到，现已认为社员。吾社改良艺术，使行于本省者，即可通行于全国，其在至模先生乎？

在易俗社供职的8年，是封至模艺术生命的黄金季节，亦是易俗社发展的辉煌年代。封至模汲取话剧、京剧艺术之精华，移植于秦腔，改革涉及方方面面，剧本、表演、舞台、化妆、服装、灯光、道具，不一而足。从38岁到46岁，他担任易俗社编剧、导演、训育主任，众多演员受其教导，感念至今。秦腔名旦宋上华曾追忆先生："那时老师常带我们观摩兄弟剧种演出，人家好在什么地方，哪些技艺可为我所用，甚至谁在楼座看，谁在池座看，谁注意脚下，谁注意手上，事先均有明确指派。他敏于发现表演

封至模（中）与学生宋上华（右）、萧润华合拍《白蛇传》

的佼佼者，善于启发点拨，使我们能知其然，并知其所以然。"

宋上华也有遗憾，"我更多地受教于封先生，却是在他离开易俗社之后。随着年龄和艺龄的增长，才悟出先生艺术见地的精奥与可贵"。

秦腔史上首次出现"导演"一词

"××导演作品"，文艺界很常见的词语组合，但在20世纪30年代的西安，在秦腔舞台上，却是新鲜时髦的提法。封至模首创以导演的名义挂牌演出，使"导演"这两个字第一次出现在秦腔史上。

易俗社初创时期，有专职的教练队伍，并设有教练长，相比江湖戏班进步了许多。但只能说有了导演的雏形，还没有建立起完善的导演制度。封至模早年在北京从事话剧活动，对西洋戏剧颇为了解，他深知戏曲导演与话剧导演既有相通之处又有很大的差异，导演是一台戏剧的组织者，不光是教演员怎样表演，还应该调度、掌控整个舞台。易俗社的陈雨农、党甘亭等都是非常优秀的教练，他们来自民间，秦腔艺人出身，有着丰富的表演经验。排戏时，封至模总是一边观察一边请教，进社不久，他和陈雨农一起为刘文中、庄正中排演了《白门楼》，为马平民排演《蒋干盗书》，这些剧目是从京剧移植而来，保持秦腔风貌的同时，也渗透着京剧的表演意识，舞台视觉新颖，观众好评如潮，马平民因此获得"马博士"的美誉。

1935年，封至模编剧的《山河破碎》《还我河山》投入排演，他和陈雨农共同导演，武功教练唐虎臣作为技术导演也参与了排练。"大合操"一场，为了突出岳家军声势浩大的军阵，上场60余名演员，服装道具、表演动作整齐划一，秦腔舞台上第一次出现这么多演员同时表演的场面，大大强化了导演意识。

封至模对细节的要求也是极为严格的，他排戏无匠气，常有新颖别致的处理。当年为宋上华排演《渔家乐》，宋上华前演渔女，后演马府小姐。渔家少女天真可爱，封至模设计了左右三摇船桨、三摆腰肢、戳桨闪身、跐

封至模为王月华（右）、杨令俗排演《藏舟》

脚徐退的下场动作；马府小姐与落魄书生"新婚"，因二人意外相遇，仓促结合，所以下场时礼而又让，行而又止，似痴似梦，把激动却需克制、爱慕半含娇羞的种种情态表露无遗。当年每演至此，必获满堂喝彩。宋上华1993年回忆起那段排戏的日子时说："这种利用下场而生发的妙笔，在早年的秦腔舞台，实属罕见。今天观之，犹觉匠心独具，余味悠长。"

封至模的导演原则是以戏曲美学为基础的，他和易俗社的老艺人们合作，排演了数十出戏，都是细排细导，在表演、唱腔、技术诸方面均有突破。他还写了《理想的导演》一文，这是秦腔史上最早的阐述导演职能的论文，他所设想的导演既不是话剧式的，也不是纯戏曲式的，而是两种不同属性的艺术结合，是他多年来从事导演工作的体会与总结，为秦腔建立导演学奠定了理论基础。可惜这篇论文的手稿于早年遗失，不知所踪。

无现代，无观众，即无戏剧

1934年10月，《西安民意报》发表了一篇文章《陕西四年来之戏剧》，这是封至模自加盟易俗社，浸淫于秦腔，潜心调研的心血之作。他认为"西安环境之对戏剧，一方希望极高，一方倾向极低，两种反对势力，各拽戏剧以走，故戏剧之进展，受很大阻力"，原因何在？"观众程度过低也"。所以改良戏剧，不要忘记改造观众，提高其赏鉴能力，才不致离观众太远，致曲高和寡。

封至模提出，"无现代，无观众，即无戏剧"，今天听来仍振聋发聩。他总结出陕西戏剧的六点矛盾：

第一，中国歌剧（即戏曲）不变形式，决不能用布景。愈写实而愈不实，以至破坏了中国剧之组织，减损了中国剧之美性，故有识者正谋废弃布景，而一般人，反趋之若鹜。以西安八不合之古式舞台，硬插入些六不像之纸扎画片，使演者无法做演，使观者不能卒观。

第二，野蛮、残忍、火爆，皆现代艺术之所摒弃，实亦为秦腔之缺点。

钢刀铜锏，愈演愈烈，火烟血彩，日趋日甚，人们"精神"，越刺激越麻痹……无论如何情节，一味以紧张称胜；无论饰何角色，一味以火爆见长。差之毫厘，谬以千里，至不可收拾。有识者方思廓而清之，而一般人反嗜之成癖。

第三，戏剧技术门类甚多，唱、念、做、打、扮、饰共分六门四十八类，须面面俱到，样样俱佳，方称完全上等角色。西安现象，往往一雏伶出台，一切幼稚不堪，只听嗓子宏大响亮，便捧之上天……常见台上荒腔走板，造句忘字，方自惭不敢抬头，而台下乃报之以雷动之掌声，如此南辕北辙，焉望进步哉！

第四，剧场最忌台下光亮，人声嘈杂，秩序不整，时间过长。吾人正谋逐渐改进，乃有人反喊嫌黑，或高声谈话，叫买零食，厌烦对号，要求加戏，岂非开倒车乎！

第五，一个正当角色，呕尽心血，研得两句绝调唱功，刻心经意，做出一个适当表情，最值推崇与赞扬者，观众决不理会。乃一个丑角毫不合剧情的做个鬼脸与怪声，或一个旦角来个决不需要的妖媚之笑，反轰动全堂，齐声喝彩。

第六，思想纯正，情理圆通，表演适度的戏，觉得平常，而神奇鬼怪，荒诞不经，唱做淫亵，服饰离奇的戏，倒卖满堂。

对陕西戏剧的种种怪象，封至模大声疾呼："诸如此类，戏剧何由而进步乎！"可谓爱之深，责之切。其时，电影作为一门新兴艺术发展迅猛，上海的电影院不下40家，电影进入陕西不过四五年，却后来居上，前后已有六七家开业，现仍有三家正常营业。封至模预言，倘若戏曲不振奋努力，革短增长，恐要被电影挤倒。现在看来，的确被他言中了。

从广场艺术走向剧场艺术

1922年5月11日，《新秦日报》刊登《复汉图》（三本）演出广告：

编花殿，启花庭，坐花辇，进花宫，上花树，挑花担，绣花女，窗内看，打花伞，跑花马，逐花鹿，山树下，各飞鸟，周围绕，古妆女，凤缥缈，鲸鳄鱼，蟹龟蜗，有龟蚌，有龙虾，各海怪，站一圈，大转台，真奇观。

民国初期，西安坊间流行"易俗社没钱了就转，三意社没钱了就烧"，指的是易俗社如果上座率差，就要通过转台吸引观众，三意社上座率差就演《火烧葫芦峪》，足见舞台布景、转台、机关、道具等在戏曲票房收入中的地位。这种现象正印证了封至模所忧心的"八不合之古式舞台，硬插入些六不像之纸扎画片，使演者无法做演"。观众的猎奇心理越来越重，一般的机关布景没了吸引力，于是舞台造景越造越奇，演员的表演倒在其次了，演员在无台词时可转身"饮场"，与检场人员说笑，甚至抽烟喝酒。观众来剧场看的是戏，如今却远离了戏曲的原貌。

旧时的秦腔舞台是比较杂乱的，尤其江湖班社，往往是观众在台下看戏，演职人员及闲杂人等在台上看戏，上下场及文武场面的背后都站满了人，破坏了舞台效果。从露天演出进入剧场后，查票的、看坐的、茶役、小贩来来去去，看客不胜其扰；叫卖声、呼喊声、谈笑声，此起彼伏；搬挪桌凳、磕碰茶壶、大吸纸烟，种种陋习，污染了剧场氛围。

封至模的革新是使秦腔由广场艺术向剧场艺术转变。他对舞台进行整顿，规定台上除登场角色外，其他闲人一律不准登场，取消舞台检场制度，保证了剧情的完整性；剧本方面，取消上场引子下场诗这一俗套，严谨了戏剧结构，使观众一开始就进入剧情之中；他用纸板绘制成图案，把上场门和下场门装饰起来，并以绿纱将文武场面隔挡，一定程度上净化、美化了舞台。

1933年夏，封至模主持翻建易俗社剧场，借鉴京沪剧场的先进设施，改楼座为二层，地面有平缓的坡度，改长凳为靠椅，安置电灯、电扇，使视线适宜，空气流通。各界名流捐赠的牌匾悬挂四周，台楣上装置五色玻璃,内设五彩花灯,华丽不失典雅。在剧场管理方面,服务人员统一服装,礼貌待人,禁止喧哗;池座先期售票,对号入座,杜绝小贩往来叫卖;开演后剧场灯光减弱,文武场一律隐蔽两侧,增加大幕,舞台"出将""入相"装饰美观别致。

对于剧目的演出时长,封至模也做了调整。西安的剧场平均6点开戏,晚11点散戏,足足5个钟头,加之经常开戏不准时,从看客预先进场占座,到戏散回家,前后至少6个钟头,耗时太久。封至模感叹,难怪看戏者不甚踊跃。他以为最好每场以三个半小时为限,准时开戏,先期售票,对号入座。如此才符合现代人的生活方式。

易俗社秦腔名家张咏华如今快80岁了,她仍清楚地记得封至模对舞台的要求:

> 化妆尽美化,服饰标准化。
> 舞台干净化,后台秩序化。
> 看戏文明化,剧场安静化。
> 环境优美化,管理规范化。

宁穿破,不穿错

让后继者津津乐道的,还有封至模对戏曲化妆和服装的改革。他是美术科班毕业,在北京上学时与京剧圈子过从甚密,正如张咏华所说:"很多改革都是在北京首先推行,当时通讯交通落后,一时未惠及陕西,而封先生身处改革的中心,将先进的思想观念带了回来,易俗社是一个有着文化追求的戏曲团体,所以具备改革的条件。"

民国初期,秦腔演员化妆比较简单,旦角头部发髻贴两绺鬓(也称贴片子),统称人字鬓,脸上不抹胭脂,仅擦粉少许,眉形细而短;生角一概不涂粉,仅于两腮微抹胭脂,眉毛粗而竖立,其额勒成人字形。造型呆板

民国初年秦腔艺人扮相较为呆板

粗糙，已不符合剧场演出特点。封至模吸取京剧化妆之所长，在头部装饰上，改"旗鬓"为"花鬓"，即将大鬓分为四绺，贴于耳前以美化脸型，额际改为贴小鬓（小弯），并按照脸型大小定数量，比如，刘文中脸型较小，贴7个小鬓；王天民、宋上华脸型较大，贴9个小鬓。这一变化使旦角的扮相生动出彩，大受欢迎。各家剧社争相效仿，很快在陕西推广开来，一直沿用至今。

以前舞台上的龙套等配角是不化妆的，为体现舞台的整体美，封至模一扫旧习，规定凡是登台的演员必须化妆。他还亲自给学员上化妆课，教他们根据不同脸型，如何施粉底、画眉眼、贴片子，等等，每临演出，便早早到后台为演员化妆，以达到最佳效果。

在舞台服装的选择和运用上，封至模十分考究。他在文章中写道："服

出演《宇宙锋》

《辕门射戟》中饰演吕布

装是角色身体部分的化妆,男女、老少、贫富、文武、官民、僧道,都有一定的规式,不能随便乱穿胡戴。所谓:宁穿破,不穿错。"

他进而举例,角色的身份、性格、处境不同,服饰也有相应的变化。比如有职务者,文戴相貂、文阳、纱帽,武戴帅盔、狮盔、夫子盔;无职务者戴方巾、学士巾、东坡巾等。性格之善恶、正邪、忠奸、文野、勇懦,多以颜色区分,文的头巾质料是缎或纱,色泽的白、红、黄、黑与衣着相同;武的多硬盔,盔头的装饰,如绒球头与衣同色。

秦腔导演王保易在《振兴戏曲忆前贤》一文中说:"先生不但引进了京、津、沪三地新颖的服饰,还自己创新了许多服饰,如蒋干巾,岳飞巾,吕布的紫金冠及对帔、箭衣等等。《山河破碎》(前本)、《还我河山》(后本)两剧,人物众多,场面浩大,原有的戏装不够用,先生亲自设计服饰,绘制图案,监督制作,为易俗社培养了一批服装制作人才。"

要讲究不要将就

戏曲美学家陈幼韩十六七岁时跟封至模学过戏,一共学了三出:《拾玉镯》《梅龙镇》和《得意缘·教镖下山》。那时封至模已离开易俗社,去主持戏剧专修班、上林剧院和晓钟剧校的工作,平日里非常忙碌,但陈幼韩经人介绍找上门来,他还是收了这个学生。

陈幼韩后来回忆,他当时以为自己懂戏,会演戏,却不知,正是封先生一步一步引领着,才使他真正踏入了戏曲之门。

有一回排《拾玉镯》,照例是孙玉姣上场,亮相,到九龙口,做一套规范动作——理鬓、整花、左顾、右盼、系领、整襟,然后走到台口,念引子。陈幼韩熟练地做着这一套动作,心里正美滋滋地想:"看我多美!"封至模忽然说:"停下,停下!你这演的是谁?"

陈幼韩一愣,说:"孙玉姣啊!"

封至模笑着摇摇头:"你演的哪里是孙玉姣呢?你演的只是程式,是你自己。"

陈幼韩有点糊涂了:"我不是照着您教的一手一式演的吗?"

封至模说:"动作对了,却不是孙玉姣。孙玉姣是个十六七岁的少女,父亲去世了,生活非常贫苦,母亲又只顾着听经念佛,从来不关心她。那个时代,她少出门户,羞于见人,朦胧中内心感到那样寂寞,自己的终身大事那样渺茫。整天一个人关在家里做活喂鸡,有谁来关心她呢?她不是一朵鲜艳怒放的红玫瑰,而是石缝里长出的一朵淡淡的小黄花!所以,她是在淡淡的寂寞与春愁中上场的,而你是用什么样的心情表演这个上场的呢?"

陈幼韩如梦方醒,想想自己刚才眉飞色舞的样子,真有点无地自容了。

这样的片段还有很多。易俗社第九期学员杨令俗初习旦角,因嗓音稍逊,形象欠佳,虽也登台,不过是丫鬟专业户而已。

一次耍社火,杨令俗"绑芯子",扮的是《斩韩信》的陈仓女。出动时,台下有人喊了一声:"把眼睁大!"杨令俗一睁眼,正好与封至模目光相撞,于是表演格外卖力。后来,封至模让杨令俗改学生角,教他演《黄鹤楼》的周瑜,演出时,还特意写了醒目的"第一声"戏牌单条儿,头炮果然打响。之后,封至模为杨令俗和黄执中排《蝴蝶杯》之《洞房》,杨令俗饰演田玉川,其中有"一坐",看似简单,不过是撩起大带,左腿置于右腿之上,即我们常说的"跷二郎腿"。但封至模有个极细微的要求,让杨令俗多年之后仍记忆犹新,那就是——悬空的那只脚必须绷着脚背,再向内侧微勾。这一绷一勾,常人未必留意,但杨令俗深有体会,无必疲软松散,有则气足神完。

封至模常说一句话:要讲究不要将就。不管是排戏,还是平常上课,都有着严格的"讲究"。他为易俗社增设了艺术学科,如戏剧学、声音学、服装学、心理学及化妆、锣鼓、表情等,除亲自上课,还邀请其他戏曲专家讲授戏曲理论,请名锣鼓师杨觉民上锣鼓课,倡导演员学习文武场乐器。他特别重视文化学习,经常在排演空隙督促学生写大小字,抄台词,记日记,

封至模为杨令俗（右）、黄执中排演《洞房》

学绘画。这些"讲究"的背后，是他对戏曲的敬畏，对艺术的痴迷。

"上海百代"为秦腔灌制唱片

1934年春，在封至模回到家乡整整10年之后，他重游了北平、天津、上海等大城市。此行有两个任务：为易俗社露天剧场联系放映影片，与上海百代唱片公司接洽灌制唱片事宜。当然，他非常乐意借此机会，了解全国戏曲发展最前沿的信息。

在北平，封至模住在好友王文源家里。王文源是京剧须生演员，与荀慧生同科班，他带封至模观摩了北平正在上演的一些戏曲新流派表演，还参观了书画展。在上海，见到了老朋友、电影人周伯勋，他们每天观剧看展，到摄影厂了解电影的拍摄情况，参观电影演员陈玉梅的拍片现场。经过一段时间的交流学习，封至模深深感到，艺术行业发展太快了，必须不断获取新的信息和成果，充实自己，才不至于落伍，由此更坚定了他对秦腔进行改革的决心。他认为"秦腔素标激越之调，盛行西北，历久而不衰替，然以避处一隅，未遍国人耳目，浸习日久，遂未能推重于时"。

要弘扬秦腔这一古老的艺术，必须重视宣传，让更多的人听到、看到秦腔，从而喜欢秦腔。早在1928年，封至模联络郑竹逸、崔孟博、武少文等人主持出版《小言》两日刊。这是陕西首家以戏剧评论为主要内容的刊物，创刊号由《新秦日报》附送，从第二期开始，由西安建筑社发行。油光纸八开单页印刷，设置有文艺、戏剧、琐闻、街谈巷议、科学常识等栏目，限于印刷条件，一些名演员的照片先用晒图纸晒出，再手工剪贴。之后版式改为横排，白报纸两面印刷，这在当时西安出版界是首创。新闻界人士孟园梧曾有《赠封子至模并祝〈小言〉出刊》一诗，诗云：《小言》意深远，封子笔如椽。素志宏秦音，事业千秋传。

1932年，西安《新秦日报》举办"菊部春秋"秦腔演员评比，封至模亲自撰文推介。易俗社王天民名列第一，正俗社李正敏第二，并获"秦腔

封至模（左）与康顿易的《蝴蝶杯》戏照

正宗"美誉。之后,在封至模的策划下,报纸推出《王天民专号》《马平民专号》,一时间成为热议话题。

现在我们听到的民国时期秦腔艺人的录音资料,正是封至模促成录制的。1934到1935年,上海百代唱片公司两次来西安为易俗社灌制唱片,封至模撰写片头并担任播报员,共灌制了陈雨农、赵杰民、党甘亭、刘迪民、王天民、耿善民、王月华、李可易等名演员的30余张唱片,包括《断桥》《五典坡》《走雪》《庚娘传》等经典唱段,为秦腔保留了最早最珍贵的声腔资料。

创建西安第一家新型电影院

封至模是一个有开拓精神的人,不仅体现在戏曲舞台上的创新,他对新兴艺术潮流,甚至商业模式的判断也是具有前瞻性的。20世纪初,电影在中国方兴未艾,1908年,西班牙商人雷玛斯在上海建立中国第一家电影院——虹口大戏院,1932年,西安第一家新型电影院,阿房宫大戏院(阿房宫电影院前身)开业,它的创建人之一是封至模。

20世纪30年代初,西安几乎同时出现了数家电影院,如先声电影院、民众电影院、国民大戏院等,开始放映无声电影,由于设备大多为租赁,技术水平有限,致放映效果不佳,画面模糊,光线暗淡,常为观者诟病。甚至有影院在电影放映过程中,竟将一段胶片烧毁,差点引发火灾,一时舆论沸沸扬扬。几家影院开业不久,遂又停演,以致倒闭,一两年后,大浪淘沙,只余下两三家尚在营业。

封至模等人创办的阿房宫大戏院,自1931年8月开始筹备,选址、建筑、购机、装置,到第二年6月正式开幕。放映的第一部影片是《恋爱与义务》,之后有《故都春梦》《野玫瑰》《罪恶之街》《亚洲风云》等国内外新片,皆为无声电影。1933年9月购买新机,加装有声,始放映有声电影,首部为《蓝天使》。

易俗大先生

在当时西安影院的竞争中，阿房宫大戏院一直屹立不倒，不得不说，这源于第一批创办人的远见卓识。而封至模负责筹措资金，并担任股东代表，其作用举足轻重。

1931年，电影人周伯勋从上海回到西安，发现这里竟没有一家像样的电影院，遂与好友封至模、武少文谈及此事，三人一拍即合，决定创办一家新型影院。他们邀约了文化界名流刘尚达、张子泉、马公弢等共同商议，得到一致赞同。周伯勋请他的父亲周凤岗出面具体操办，由封至模负责筹资。周凤岗早有此意，便将自家位于竹笆市北口的私宅作为院址，以秦代宫殿"阿房宫"命名。

阿房宫大戏院为股份有限公司，经封至模多方奔走联络，入股的有各界人士。其中，武少文入股较多，即由他任经理，封至模任股东代表，周伯勋负责上海方面联系影片的工作。1932年6月19日，阿房宫大戏院开业了。据记载，戏院"资本既大、设备亦周，房屋中西合璧，一切之一切，在西安开一新纪元"。封至模宣传得法，亲自设计影票及说明书，影院上座率稳中有升。1983年，著名电影导演孙瑜在上海举行从影50周年纪念展，其中有多份阿房宫大戏院的"影片说明书"展出，设计独特，印刷精美，印

1937年北平富连成戏剧学社欢迎易俗社师生大合影

证了当时的电影潮流。

今天的阿房宫电影院已被相声会馆"青曲社"取代。钟楼旁,竹笆市街依然人潮涌动,老西安人忘不了街口的"阿房宫",忘不了每个周末挤在窗口买票的情景——那是一代人的集体记忆。

北平演出火爆,疾呼"还我河山"

1937年6月10日,北平《世界日报》刊登了一则消息,标题为《陕易俗社昨晚抵平今日演剧》。消息称:该社全体学生昨晚八时半抵平,旋至汉花园亚东饭店休息。此次该社来平人数共达120人,计演员70余人,皆着白制服白帽子,精神甚佳,年岁长者30余岁,幼者十二三岁。

这是易俗社的第二次北平之行。第一次是1932年,演出不足一月,但观摩学习,多有受益,《易俗社编年记事》总结:"北平为京剧发展荟萃之地,秦腔因语言、唱法不同,观众不习惯,每逢上演,同仁等如临深渊,如履薄冰。"后经戏曲理论家齐如山先生到社指导,又有京剧名伶向外界宣传,才令北平观众接受,赏识,直到称颂。如果说第一次北平之行的主要目的

是交流学习，让秦腔走出去，那么第二次北平之行就没有这么简单了。时值华北风云日紧，全国人民同仇敌忾抗日救亡之际，易俗社此行肩负着宣传抗战，鼓舞人心的重任。

当时原西北军冯玉祥部二十九军已调驻北平，军长宋哲元任冀察政务委员会委员长，其部下多系西北人，为稳定人心，鼓舞士气，宋哲元邀请易俗社前往北平演出。易俗社甲乙两班合并，组成强大演出阵容，由副社长耿古澄、教务主任兼戏剧指导封至模率队，奔赴抗日前沿。

抵达北平后，易俗社在中山公园来今雨轩招待新闻界与戏剧界知名人士，封至模致辞并介绍概况及演出计划。从6月10日起，在怀仁堂等处为二十九军、冀察驻军及北平市府各局、机关、新闻界、各大中学校教职员工演出了《山河破碎》（前本）、《还我河山》（后本）、《淝水之战》等剧，观众反响强烈。据《全民报》报道，"观众极多，足无隙地，无票遭拒于门外者大有人在。观众欢迎之情绪，诚为仅见。"

将演出推向高潮的是由封至模编剧并导演的《山河破碎》（前本）、《还我河山》（后本）。有报道称："当此国难严重之日，实与宋朝无二致。宋时君昏臣懦，畏敌如虎，因循苟且，只图贪生，抗敌之士，不能见容，奸佞当权，卖国误国，卒至沦为异族。"赞扬此剧"写历史的伤痛，促民族之觉悟，振聋发聩，立懦警顽，实对现时之中国当局，下一针砭"，"方今举国民众，抗敌殷切，故亦极欢迎此抗敌救国主义之民族佳剧也"。学者潘龟公署笔名"闲云"在《全民报》发表诗作，赞《还我河山》：

靖康奇耻几经秋，　膻雨腥风感不休。
半壁豪辞留正气，　唤起袍泽赋同仇。

朱仙抗战走风雷，　直捣黄龙才举杯。
组练三军能用命，　气吞胡虏见雄才。

十二金牌万众谣，长城自毁壮图销。
狱成三字莫须有，激沸秋江泛怒潮。

兴亡遗恨付清波，寄意弦歌感慨多。
错采缕金凭妙笔，起衰振懦费吟哦！

观众情绪被点燃，甚至有传一军人看戏过于投入，激愤处掏枪欲击饰演秦桧的车裕民，幸被阻拦，方醒悟是在看戏。《山河破碎》《还我河山》以场面戏见长，气势宏大，风格粗犷，一改往常闺阁戏之绮丽绯靡。由此也引发热议，"场面太多，费时太久，不集中，但知道从国难上着想，这种精神，不能不加以赞许。""易俗社来平后，有誉之为高亢悲歌者，有毁之为野声刺耳者，中肯与否姑置不论。然易俗社之戏剧内容，含义深远，极合时代之要求，有相当之价值，则诚然也。"

有署名"瑕生"的一篇文章，题目是《由易俗社谈起》。当时有一些负面的声音，认为易俗社的表演"根本不是那么回事儿"，作者"瑕生"反问："你们自己的玩意儿，是不是那么一回事？""易俗社编排的剧本……有没有诲淫诲盗那一类剧情？有没有神奇怪诞那一类剧情？像《挑帘裁衣》既教奸，又诲淫，究竟算哪一回事！……是易俗社的路子对，还是你们的路子对？"

7月7日，封至模在《京报》发表文章，介绍《山河破碎》《还我山河》两剧的写作意图。他说："文学是时代的反映，戏剧是大众意识的表征，在家

《还我河山》戏报

易俗大先生

破国亡的时候,是冲锋破敌的号角……两剧算不得如何的剧本,唯一的希望,是不要把它当作过去的历史看,……一个国家或一个民族到了被外族侵略,国将不国的时候,总有几个大或小的汉奸,媚外卖国为人奴役,……或将国土,拱手送人。"而"李纲一力主战而被谪,岳飞以恢复自任而遭害,韩世忠、梁红玉功勋盖世而至退休,……观此而不扼腕而叹,奋臂而起是无人也。……再回观现在的中国,现在的中华民族,现在国人的民族意识,是否与南北宋相若?!……我们只有大声喊着,'山河破碎了!''还我河山吧!'"

当晚,日军进攻卢沟桥,占领宛平县城,截断了北平通往天津、保定

《还我河山》刘文中(右)饰梁红玉、宋上华饰秋桐

康顿易《还我河山》饰演岳飞

的铁路线。"卢沟桥事变"爆发,国家民族濒临危难,加之北平戒严,无法演出,易俗社于平汉线的最后一次通车时机,告别北平,返回西安。

离开"易俗",创办"夏声"

封至模是 1938 年 2 月离开易俗社的。

关于他离开的原因,一说是他的改革过于猛烈,得罪了一些人;二是他管教学生极为严厉,尤其对成了名的学生,禁止外出,要求必须剃头等,导致学生不满,频频闹事,而社里对此态度模糊;三是易俗社高层变动,封至模的管理思路和改革设想受阻。总之,种种原因,促使封至模离开了易俗社。

2019 年 8 月,在南京封玉书家里,说起父亲的离开,他欲言又止,"……父亲走后,易俗社也没有上门邀请,结果不了了之……就离开了。"

对封至模来说,离开易俗社不等于离开戏曲,反而更坚定了他从事戏曲教育的决心。当时抗日战争全面爆发,西安成了各地流亡者和华北、中原艺术界人士汇集的中心,京剧演员徐碧云、关丽卿、马最良、刘奎官,豫剧演员陈素珍、常香玉、马金凤,蒲剧演员王存才、阎逢春等,都是在 1938 年或稍后时期来到西安的。他们自组班社,在西安、宝鸡、天水、兰州等城市演出。这些戏曲人与封至模往来密切,常在一起切磋技艺。封至模进戏曲行当是从京剧开始的,起初主工旦角,演技不凡,颇有影响,京剧须生演员刘仲秋、旦角演员郭建英从外地流亡到陕,结识了封至模,三人言谈投机,都有振兴京剧、培养学生的想法。经过一番探讨,他们打算在西安办一所培养京剧演员的新型戏校。

1938 年 3 月的一天,封至模和刘仲秋、郭建英共同邀请社会各界人士共 15 人,在位于南柳巷封至模的家中召开会议,商讨筹办剧校事宜。大家很有热情,随即成立董事会,推举封至模任董事会会长。7 月 1 日,夏声戏曲学校在西安成立了,封至模任首届校长。该校以"振兴民族艺术,传扬

易俗大先生

封至模（右一）与学员合影

"华夏之声"为宗旨，第一科招收学生26人，以抗日战争中流亡的难童为主。

"夏声"是在十分艰难的条件下，因陋就简办起来的。没有练功房，孩子们就在露天练功、学戏，一下雨便躲到席棚下面，吃饭是八个人一桌的小盘蔬菜、大锅饭，师生衣食住行一律平等，过着类似供给制的生活。曾担任上海京剧院副院长的齐英才是"夏声"第一届的学生，他回忆："很多著名演员都是不计报酬给我们说戏，封至模校长忙里忙外，教我们文化和美术，还要到社会上募经费，想到学生正是长身体的时候，有时他自己掏腰包，每星期给学生吃一次荤菜。"

有在易俗社任训育主任的经验，封至模制定了严格的校规。规定学生三不准：不准与外界接触，不准有社会活动；不准到处拜客，不准拜干爹干娘；不准在毕业之前谈恋爱，不准抽烟喝酒，不去唱堂会。这些规定很具体也很琐碎，看似不近人情，在那个年代却是必要的。封至模对旧戏班的坏风气深恶痛绝，他认为学生像一张白纸，而社会是个大染缸，不能沾上污浊。由于办学宗旨符合时代要求，规章制度严明，"夏声"学员的精神面貌与旧戏班大不相同，成立三个月后，排演了《花木兰》《陆文龙》《梁红玉》《巾帼英雄》等剧目，首演大获好评。

1938年入冬后，日军飞机对西安展开狂轰滥炸，为保证师生的人身安全和日常排练，夏声戏校迁址汉中。1943年12月，时任校长的刘仲秋率领学生赴重庆、成都演出，被国民党截留，之后开始了长达四年的"流浪"演出生活。1947年，戏校师生辗转抵达上海，暂时稳定下来。1949年5月上海解放，存在了11个年头的夏声戏曲学校完成了自己的使命。

屡败屡战，矢志不渝

封至模的一位密友曾说："对于戏曲事业，至模是屡败屡战。"这里面并没有贬损的意思，而是说，封至模在这条路上走得很辛苦，从1938到1949，这10余年间他不断地办剧社、办戏校，"夏声"、戏剧专修班、上林剧院、晓钟社、三意社……似乎永远不知疲倦。该有多么深沉的爱，支撑着他一直走下去。

1940年，陕西省教育厅厅长王捷三邀请封至模创办省戏剧专修班，这是当时西安唯一一所公办秦腔戏曲培训团体。所有办公费、事业费及教职工的工资均由教育厅拨给，封至模任主任，全盘负责。专修班培养了两期演员，其中文武小生胡文藻、花旦王景谋、青衣成怀学、须生粟成印等，都是出类拔萃的佼佼者。曾在专修班负责剧务的施葆璋老先生说："当年招生不易，先后不过40名，但后来享誉艺坛者，竟有10多名，成才率不可谓不高。至模调教演员，确有过人之处，经他之手，总能出来像样儿的。"

正当封至模准备大干一场之时，省教育厅厅长易人，专修班面临困局，封至模不得已辞职。

离开专修班后，在好友、社会名流张凤翙、张锋伯、王捷三等人的支持下，封至模不惜变卖家产，筹集经费，于1944年冬创办上林剧院。封至模任院长，兼编剧、导演。他在《上林院刊》创刊号发表文章，阐明宗旨：

封至模（左）与京剧演员"粉牡丹"邢少霞

"现在我们一些秦人看着秦腔的历史、技术、地位、功能……不愿意任它淹没、遗失、流丧、自贬,而愿负担发挥光大的责任,联合组织了个上林剧院,尽我们的心力!"

此后三年间,封至模带领着这支秦腔队伍,巡回演出于咸阳、长安、蓝田、临潼、高陵、三原、户县等地,赢得了一批忠实拥趸。据说有卖腊羊肉的小贩,将"上林"青衣李紫茗的名字写在招牌上,以招徕买主。有时散了戏,一些经营小饭馆的,看到这些小演员,就请他们到饭馆吃夜宵。由于上林剧院长期在农村演出,露天台子,条件差、费嗓子,为了让学员有一个较安定的生活,"上林"与自乾县迁来西安的晓钟剧社合并。

合并后更名为西安私立晓钟剧校。封至模原想着进一步实施秦腔改革计划,结果事与愿违,人事宗派纷争,见解主张差异,大有"无可奈何"的况味。1948年底,封至模离开"晓钟"。

1949年初,封至模接受三意社的聘请,担任该社的社务督导,相当于今天的艺术总监。当时三意社面临全面崩溃的绝境,演出场地被国民党军队占做军火库,演出被迫停止,演员四处流落,社长苏育民一家生活困顿,靠在外接戏勉强度日。虽然之后军队陆续撤离,但剧社已债台高筑,成了一个烂摊子。

就是在这种情况下,封至模来到三意社。他首先要求社长苏育民带头戒烟毒,号召全社成员自强自立,自己动手整修剧场,社员暂时不拿工资,每日开三顿饭。他靠着自己的社会关系,东挪西凑,甚至把母亲留下的首饰也变卖了,购置一批急需的行头、戏箱,又把晓钟社的几名演员请过来。两个月后,三意社重新对外演出,一个濒临死亡的剧社又复活了。直到今天,三意社在陕西的秦腔界依然占据一席之地。

做东挽留尚小云

新中国成立后,封至模历任西北军政委员会文化教育委员会委员,西北文化部戏曲改进处副处长，西北文化部艺术事业管理处副处长、陕西省戏曲研究院艺委会主任、演员训练班主任。

当时戏改处的工作，就是改进老戏、老剧本，改造老艺人，改造旧剧团。因为封至模对旧剧团艺人的生活和思想状况非常了解，所以起到了别人起不到的作用。时任戏改处编审科科长的黄俊耀曾在一篇文章中讲了几件往事：

1950年，尚小云剧团来西安演出。尚小云是京剧"四大名旦"之一，他特别把在东北某京剧团任团长的儿子叫来——因其擅长翻跟头，为他扮演马童。筱翠花（京剧表演艺术家于连泉）在戏里唱了些旧词。在西安市文联组织的座谈会上，一些同志对此提出严厉批评，搞得尚小云、于连泉非常难堪，第二天就准备拆台离开。封至模知道了，立刻找领导商量，向部里汇报，遂达成一致：有些同志发言过火并态度粗暴，应向尚小云道歉。封至模以老朋友的身份出面，请尚小云等在西安饭庄吃了顿饭，这才将人挽留了下来。

中华人民共和国成立初期，来西安演出的剧团很多，像梅兰芳、程砚秋、荀慧生、周信芳、常香玉等，他们大都是封至模的旧交或晚辈，只要到西安，一定要和封至模见面，畅叙友情，探讨业务。有一次梅兰芳演《凤还巢》，封至模提出，梅的裙子穿高了一些，第二天演出前，梅兰芳邀请封至模到后台，看他穿的是否合适。梅兰芳回京，封至模为其送行，两人在火车上话题不断，越谈越投机，结果火车开了，封至模干脆一路谈到临潼，才下车返回。梅葆玖是晚辈，他在西安演出《探母回令》，封至模写了一篇评论文章，谈到对服装和化妆的看法，后来梅葆玖在北京演出时，全部采纳了封至模的建议。

1952年，西北戏曲研究院成立，即现在的陕西省戏曲研究院。这是封至模职业生涯的最后一个单位，从研究院的筹备、建成，到负责表演教学、戏剧指导，他怀着满腔的热忱投入其中。当年选院址，时任西安市副市长的张锋伯和封至模是至交，曾一起创办过上林剧院。他们登上城墙，由文

① 封至模（左）与梅兰芳
② 封至模（右）与荀慧生

昌门向南望，封至模说："呀！这块地方原是个仪园吗？"张锋伯说："从长远看，这是块好地方，从新城省政府，经过端履门、碑林博物馆一条大路直下，将来是有大发展的。"院址就这么定下来了。半个多世纪过去，陕西省戏曲研究院一直在那里，每逢有秦腔演出，看戏的人络绎不绝。

"文革"中被打成"戏霸"

戏剧家杨文颖先生，曾写过与封至模的"最后一见"。那是"文革"中"清理阶级队伍"最紧张的时期。一天他去戏曲研究院办事，刚进门就看见封至模颤颤巍巍从厕所走出，腋下夹着一把笤帚。杨文颖顿时明白，封先生已被革命队伍"清扫"了。"我急欲上前招呼，他却摇手示意阻止。"杨文颖说，"其时一经揪出，便是'牛鬼蛇神'，封先生的心情处境，我是完全理解的。"

1966年2月，封至模73岁，他办理了退休手续，但并未离开研究院。他还想着发挥余热，多培养一些戏曲苗子。5月，"文化大革命"开始了。

戏曲研究院大门口的墙壁上刷着巨大的标语：打倒戏霸封至模！

封至模成了"戏霸"，成了"反动学术权威"。他被拉去批斗，批斗会上被他的某个学生踢倒在地，头和膝盖磕伤了，牙也磕掉了。他不敢去医务室包扎，每天照例去向领袖像请罪，打扫厕所。有一次院里演样板戏《智取威虎山》，把牛棚里的"牛鬼蛇神"集中起来，看戏，学习，受教育。看完要发表感想，别人都说些场面话，如何触动心灵，等等，封至模却认真谈起了表演，说小常宝的烧火动作不真实，一些角色行当不分，还提出改进意见。大家都为他捏了一把汗，但他毫无顾忌只管说自己的。封至模就是这样一个忠于艺术的人，他常说："艺术是不能说假话的。"

"文革"后期，封至模从"牛棚"放出来，被平反认定为进步的文艺工作者。这得益于一次阴差阳错的"审查"。

1940年，封至模好友、共同创办夏声戏剧学校的伙伴任桂林到延安参加了革命，分配到延安鲁艺工作。这时边区正在进行旧戏改革，因缺乏服装道具，便派任桂林去完成购置任务。他一到西安便找封至模。封至模热情接待，买好戏箱并帮助他们打点运到陕北。临行时赠送了戏曲方面的资料书籍《梨园影事》《中国剧组织法》《梅兰芳游美记》《程砚秋游法记》等约30种。此事被西安警察局获知，督察处即派人到封家查抄，把他的私人来往信件全部没收，并将其胞兄一同带到警察局审讯，后因既无口供，又无实据，只好放人。"文革"中审查封至模，无意间将这件旧事翻起，却因此洗脱了他的"反动"罪名。

那时封至模已经77岁了，但他不是个容易服老的人。老骥伏枥志在千里，他还有很多规划：再排几部戏，为秦腔老艺人作传，整理出版《中国戏曲大词典》……他要把"文革"耽误的几年补回来。无奈，平反不久，封至模脑梗中风，丧失了语言能力，病情一度很不稳定。他的独子封玉书在南京工作，"文革"中受冲击，被下放到江苏盐城京剧团。1971年初，封玉书将父母亲接到南京照顾。

在南京的日子

京剧名导马科曾是夏声戏曲学校的学生。1972年的某一天，他收到来自南京的一封信。信里附有一张照片——他的老师，封至模先生抱着小孙子，眼含笑意地望着他。马科双目泫然。当年日军侵犯华北，他是逃亡到西安的难童，要不是封先生创办的夏声戏曲学校收留，他可能早饿死街头了。

封至模在信里谈到自己的近况，马科才知道，老师因患中风失语，已被儿子接到南京居住。老师嘱咐他在上海帮忙物色医生，为其看病。殊不知，马科此时也因"夏声问题"被"打翻在地"，正拖着病体接受劳动改造。多年以后，在封至模100周年诞辰纪念会上，他撰文深情回忆："53年前我11岁，从日寇铁蹄下逃亡西安，饥寒交迫，举目无亲……夏声戏曲学校接纳的对象恰是如我这般颠沛流离的孤儿难童，我因而忝入艺门，食宿有着，

封至模晚年与孙女封蕾,孙子封山

惊魂甫定，习业受教悠悠七载。这是我人生旅途举足轻重的一着棋，谓之绝处逢生，当不为过。而执盘布局者，正是以封至模领衔的诸先哲……"

因当时境况，马科已无力完成老师的嘱托。他不禁喟叹："我未能为恩师略尽绵薄，不久，即闻老者郁郁故去，作为学生的我，也只能仰天浩叹，衔恨无言而已……"

封至模在西安期间已完全无法说话，无法吃饭吞咽，意识也开始模糊。封玉书和妻子周光仪将父亲接到南京，悉心照顾。"当时我们工资都很低，仅仅够生活而已，相反父亲的工资还能补贴我们一点。带父亲去医院，医生说，您以前一定常用嗓子，所以咽喉部的麻痹比较严重。"封玉书想了很多办法，希望父亲的病情能有转机，"我买了一台仪器，用电流刺激头皮，但作用不大。有一次父亲发烧很厉害，我学了点中医，用三菱针给他10个手指放血，才降温，还用针刺哑门穴，刺激嗓子，他只能发出啊啊的声音。平时吃饭也很困难，也没什么好吃的，都是用细管慢慢灌进去。"

封玉书说，虽然父亲说不了话，但只要精神好一点，就握起笔写东西，常常写着写着就歪到一边去了。过几天又重新写，一次一次的，家里就留下很多未完成的片段。1973年，封至模开始写《八十寿序》，其中写道："我一生为许多艺人作过序，然而有谁为我写寿序呢？只好自己为自己写了……"

1974年8月8日，封至模高烧不退。封玉书和妻子用平板车将父亲推到医院，一会儿人就不行了。"父亲眼睛发直，嘴唇颤动，好像要讲话，我赶紧上前拉住他的手，他把我的手紧紧握着，突然一抬，又突然倒下。我大喊医生，医生打了强心针，也没有救过来。父亲就这么走了。"让封玉书至今不能释然的是，他总觉得父亲有很多话要对他讲，却没有给他留下一句话。

封玉书已近鲐背之年，身体状况良好，很有指挥家的风范。这些年他忙于整理父亲的老照片和文字资料，一心想为父亲出本书。几年前，他和妻子在西安住了半年，每天骑着自行车，走访搜集父亲的各种素材，也写了不少纪念文章，发表在戏剧杂志上。封玉书是军中著名的指挥家，1948

封至模夫妇与儿子封玉书

年加入西北军区文工团，不满 20 岁就指挥了近千人演出的《黄河大合唱》，1956 年考入中央音乐学院指挥系，深造 7 年，之后分配到原南京军区歌舞团军乐队担任指挥。

　　能和父亲一样从事艺术工作，是令封玉书欣慰的一件事。童年印象中，父亲很忙，光顾着学生和戏校，顾不上家。他喜欢跟着父亲上戏校，"有一年放暑假，我和父亲住在戏剧专修班，白天看他排戏，晚上睡在父亲的床上，整整一夜，我浑身发痒，无法入睡。第二天，发现枕头里全是臭虫，吓得大家一起帮我踩臭虫，学生们都奇怪我父亲也睡在同一张床上，怎么没听他说过，其实他那时候太累了，一睡倒就昏睡，连臭虫都咬不醒他。"封玉书说起这些事特别开心，好像又回到过去了。"有时父亲在家里跟朋友谈论艺术问题，点评戏剧，我就在边上听，虽然大多一知半解，却也受益匪浅。记得有一次他们讨论程砚秋演旦角，说程又高又胖，先天条件并不是很好,但他上台亮相时,有意侧身上场,既掩盖了体型,又显得婀娜多姿。"

封玉书说,后来他从事指挥工作,常常感受到父亲的影响无处不在,"有一些专家评论,我对作品、乐器及演奏者的分析处理细腻深入,我想,这一定是父亲留给我的礼物。"

(本章图片由封玉书先生提供)

大气磅礴,亦笑亦傲

——陈雨农往事

陈雨农被誉为"秦腔的王瑶卿",可见他在西北戏曲界的分量。王瑶卿对京剧的贡献,在于将青衣、花旦、刀马旦融于一体,首创"花衫"行当;在于对唱、念、做、打的一系列创新;在于因材施教,梅、尚、程、荀四大名旦在其影响和指导下形成了各自的流派。而陈雨农呢,他和王瑶卿同处一个时代,皆演而优则导,他担任易俗社教练长整整30年,导演了300多部戏,成就了一大批秦腔名角。他对秦腔表演的改革创新,是大胆且有章法的,用戏剧家封至模的话讲,陈雨农排戏"大气磅礴,亦笑亦傲"。外地顾曲者将他和王瑶卿作比,是肯定亦是尊重。

陈雨农(1880—1942)西安市东关龙渠堡人,秦腔旦角演员、易俗社教练长

易俗社是一个由文化人主导的艺术团体,从它建立的第一天起,就没有排斥过艺人,相反,他们给予了民间艺人极大的尊重。陈雨农就是其中一个,他感念于易俗社提高伶界人格,改良社会之宗旨,毅然解散了自己的班社,携价值数百金的"戏箱"(行头)加入易俗社。这在当时是不可思议的,因为没有前人的经验可效法,放弃已有的行业地位,转做幕后,为他人作嫁衣裳。一个瞻前顾后,没有魄力的人是做不出如此决定的。

旧时的江湖班社,多演传统剧目,由前辈艺人口传身教,一代代沿袭下来。实际上这种方式是很不稳定的,一旦艺人流失,戏也带走了。而易俗社多演新剧,无样本所循,要依靠剧作者和教练共同研究编排。易俗社成立"教练部",实际上是初步建立了导演班子。这是一大进步,作为易俗社第一代

扫码听戏

导演，陈雨农在创腔、舞台表演等方面都具有开拓意义。

✳︎✳︎✳︎　✳︎✳︎✳︎

魁盛班的德娃

"陈家的德娃跟着胡魁跑了！"

"干啥去了？"

"唱戏去了！"

光绪二十一年，刚过完春节，一个消息在东关龙渠堡的乡邻间散播——在西安学经商的陈家德娃，私自跑回来加入了魁盛班！

魁盛班（后改名华清班）是啥来头？班主胡魁，临潼雨金镇西胡门村人，祖上沾有皇恩，每年有一闾（25家）的皇粮收入，家境富裕，有地顷余，骡马八匹，他本人还当着临潼县衙的班头。胡魁酷爱秦腔，据说那年春节前，他想请个戏班子在家门口搭台唱戏，和乡亲们一起热闹热闹，不曾想张罗了一整，也没请下。风声早传出去了，实在有伤体面。胡魁一拍巴掌，干脆自个儿拉个戏班子得了！于是，动用家资房舍，聘请秦腔艺人张老旦，收了一班"娃娃生"，排起大戏来。

德娃爱唱戏，主意正，骨子里更有一股不服输的劲头。他知道，村人看不上唱戏的，一旦学了戏，他死后便不能入祖坟，甚至不被允许进堡子回家。但他认了，他就是要唱戏。与他一起加入魁盛班的，还有寿儿（木匠红刘立杰）、全德子（阎全德）、贵生子（郑香亭）、录儿、益儿，这一伙娃娃生，早有爱好，因此学得快。到了4月，搭配上前辈艺人，已经能撑起整台大戏了。

随着魁盛班的日渐壮大，登门求戏者络绎不绝，胡魁将戏班由西胡门村搬到了雨金镇东关，这里人口稠密，客商往来多，戏越演越红火。观者编了顺口溜，"德娃的旦录儿的丑，寿儿的胡子贵生的走，全德子的大净不用吼","紧走莫歇,德儿的《走雪》",只要有德娃的戏,上座率必爆棚,一些戏迷不惜走十几里路前往观看。

对于德娃来说,戏班迁到雨金镇,让他得到了声名,但他更看重的,是有了读书学习的机会。他结识了雨金镇的教书先生孙仁玉,孙先生常来看戏,有时也一起聊表演,他惊讶于孙先生的见解,读书人就是不一样,有些地方竟是他没有想到的。德娃从心底敬重孙先生,有一次聊得兴起,他请先生赐名,孙仁玉赐名"雨农"。德娃特别喜欢这个名字,他不会料到,多年以后,陈雨农的名字将和孙仁玉紧紧联系在一起。

那是1895年,德娃15岁,孙仁玉23岁。

演出途中被劫走

"光绪二十三,胡魁全了个娃娃班!"这是魁盛班最红火的年代,以陈雨农为首的一班"娃娃生"名震关中。陈雨农身价倍涨,成了戏班的台柱子和摇钱树,长安、三原、渭南、临潼一带许多戏班,争相约他演戏,甚至不惜武力解决。

那时,渭河两岸村庄集中,忙罢之际,陈雨农常往返于渭河滩演出,有些班社请不到他,便派人带着刀棍在渭河滩一带拦路邀截。陈雨农每过此地,总提心吊胆,有时改装躲藏于小轿内,以防意外。《陕西省戏剧志》中记录了一则轶闻:

有一年初秋,陈雨农应邀到一个戏班演出,途经渭河,由四五个武行演员护送。中午时分,太阳炙热,轿子穿过一大片玉米地,如进蒸笼,陈雨农坐在轿内,汗流浃背。他不时揭开轿帘向外张望,换一换气,就要到渭河岸了,摆渡过去,那边自会有人接应。谁知怕啥来啥,忽然间从玉米地蹿出五六个大汉,站在车道中间堵住去路。为首的一个向着轿厢喊了一声:"陈师傅,请你出来,我们有话说。"陈雨农心里吃惊,但毕竟在江湖闯荡了这些年,知道他们不过是想叫他去唱戏,不至于伤他性命。于是稳

陈雨农以《走雪》红遍关中,此为王月华(左)、骆秉华的版本

了稳神，掀开帘子说道：

"各位有啥话请讲不妨。"

"我们班主请陈师傅看在他的面子上帮几天忙。"

"那咋行！我们的戏单都贴出去了，今晚上还有陈师傅的《走雪》哩！"陈雨农还没搭话，护送的人先急了。说话间已有人亮出了腰间的短刀。

对方见这边说话硬气，一拥而上围住轿子，手上的刀棒也举起来了。陈雨农看这阵势，赶紧跳下轿子，笑着说："大家都是梨园中人，低头不见抬头见，不要为了区区雨农，失了和气。"他劝大伙把家伙什儿都收起来，又把护送的人叫到一边叮嘱了几句，朗声说："既然你们班主高抬我陈雨农，没啥说的，我就给你们帮几天忙好啦。"

一场械斗就此化解，戏班的江湖，成败皆是戏。但只靠唱戏，不足以解决所有问题，有时需要智慧，有时也需要拳头。

另一件事，魁盛班有一回在三原演出，当地一恶霸请陈雨农不成，恼羞成怒直接抢人，并将陈雨农藏匿起来。胡魁探知底细后，和儿子胡九娃各提一把马刀，闯入藏匿之处，将陈雨农夺了回来。胡魁此举震慑了某些心怀鬼胎的人，大家都说，魁盛班戏硬人也硬。

自组玉庆班

俗话说，花无百日红。魁盛班红火了四五年，观众留住了，演员稳定了，却因班主胡魁自己的问题，最终散了摊子。

胡魁有些胆识，但毕竟是一介莽夫，有钱了，居安而不思危，恶习积重，先是丢了衙门的差事，而后又染上毒瘾。更要命的是，儿子、儿媳、女儿在他的影响下，都抽上了鸦片，一家七杆大烟枪，抽完家底抽戏班收入，直到演员的生活无法保障，纷纷离开戏班自谋出路。一向彪悍的胡魁连自己也顾不上了，哪有精力管戏班子，名震关中的魁盛班就这样解体了。

这件事对陈雨农的震动很大,好好的一个班社,之前被其他戏班排挤、打击,竞争那么激烈,都一路走过来,现在竟是人为的原因,从内部败坏了。可见,与什么人为伍是多么重要。他想起了孙仁玉先生,孙先生对他说过,救国先要救人,救人先要救人的灵魂。此刻,他感到了这句话的分量。陈雨农戏好,也有人缘,魁盛班解散后,常在一起搭戏的演员问他:"咱们怎么办?你去哪儿我们都跟着。"陈雨农很受感动,成立一个自己的戏班的想法在他心里生成了。

清光绪二十六年(1900年),陈雨农在西安成立玉庆班,自任班主。一时应者云集,木匠红刘立杰、麻子红李云亭、名净张寿全、名丑聂金铭、正旦白菜心等纷纷加盟。玉庆班拥有了一大批驰名关陇的艺人,角色行当齐全,戏箱设备讲究,他们把演出阵地从农村搬到了城市,庙会、堂会,文人雅集,都有玉庆班表演的身影。长安城中客籍人士经常举行的"堂会",之前以秦腔粗俗难懂,全由汉二黄、徽班串演,自陈雨农成立戏班后,对秦腔不断改良,逐渐由参加直到代替。"西秦青衣泰斗"薛五喜,光绪中叶红遍渭河南北,入玉庆班时已年过半百,陈雨农以每季九十两银子的高价聘为教练、台柱。薛的拿手戏《铡美案》《玉虎坠》《抱火斗》等都成为玉庆班的代表剧目,盛演不衰。那时找不到文化人编新戏,为了丰富剧目,陈雨农将流行于农村的皮影戏改编移植演出,并对传统戏的唱腔进行革新,形成了独特的陈氏风格。

转眼到了宣统元年(1909年),玉庆班即将走进第10个年头。陈雨农为人正派,不入邪门,又经营得法,不但使班社长久维持,且不断发展壮大,成为西安响当当的秦腔戏班。最令陈雨农感到高兴的是,孙仁玉先生受聘任教于省女子师范,也搬到西安来了。他有机会请先生看戏、聊天,不管遇到什么问题,想着有孙先生在,陈雨农总是踏实的。

①	②
③	④

①旦角教练党甘亭
②旦角教练赵杰民
③武生教练唐虎臣
④须生教练李云亭

带全部家当加盟易俗

也许是有了某种感应,当陈雨农看到孙先生乐滋滋地向他走过来,就大概猜出是为着什么事。他已经听说了,西安城几位有头有脸的文化人,最近正谋划着成立一个新型的剧社,孙仁玉正是发起人之一。

果然,孙先生一见面就拿出倡议、章程及各界名流的签名簿,递给陈雨农,说:"看看吧,我们要干一件大事!"

"易俗伶学社。"

"对!所有招进来的学生不光学戏,还要学文化。移风易俗,改良社会。"

陈雨农一边听孙先生介绍,一边细看章程。这真是和江湖的戏班子不一样啊。规章制度一清二楚,筹款、招生、教练,戏怎么编、怎么演,奖励、惩罚都写得清清楚楚。陈雨农有些激动了。

孙仁玉说:"雨农,我今天是向你请教来了。我知道好教练难得,教练长更不好请,可我主管教练事务,这个教练长你担任再合适不过了。"

陈雨农说:"能与各位大先生为伍,实属荣幸,我雨农要是没有这个摊子,就跟您鞍前马后地干一场。"

孙仁玉说:"确实为难你了。现在新元伊始,百废待兴,创办易俗,乃是一群热心社会教育的人士捐资而为,富事穷办,教练长也就一月二十几块现洋,与你当班主不可同日而语。你好好考虑吧。"

孙仁玉走后,陈雨农一连几天思来想去,很是矛盾。想想自己,因为唱戏被村里人嫌弃,有家难回,如果有机会改变千百年来艺人受侮辱、受迫害,甚至死了连祖坟都不能进的悲惨命运,让他舍弃自己的戏班又如何?但又想,拉起一个戏班不容易,他和兄弟们苦心经营,终于在西安城有了一席之地,他这一走,戏班子也就散了。

这一天,孙仁玉又来了,没有说教练长的事,而是让他看一个本子。这是孙仁玉为易俗社写的新戏《新女子顶嘴》,陈雨农直看得眼睛发亮,

易俗社教练阵容强大,前排中为唐虎臣,第二排左一为党甘亭,后排左一为陈雨农

好戏呀！想当初玉庆班没有新鲜的戏排，他只得改编皮影戏，现在易俗社有这么好的编剧，何愁没有好戏！孙仁玉的最后一块"砖"将陈雨农敲动了。

1912年8月，易俗伶学社成立。陈雨农解散了玉庆班，声明加入易俗社，他不仅捐出了价值百金的服装道具，还带来了须生教练李云亭。这一举动如石入水中，在西安城激起大波澜。后来曾有人问他为何做此选择，他说："我入易俗社，愿以诸君俱学界人，藉以提高人格，为数千年伶界增光也。"

剧本叫雨农一排就活了

由于秦腔长期植根于农村，多为露天演出，表演者是聚散不定的江湖班社，虽然唱腔上有秦音激昂豪放的特点，但艺术表现总体是粗糙的。陈雨农在江湖班社浸淫多年，很明白这一点。易俗社将演出搬到剧场，不仅要压低音响，表演上也要更加细腻，注重人物内心刻画，唱腔上讲究缠绵悱恻，悦耳动听。

陈雨农还在魁盛班时，民间就有"德娃的走雪，一回一个样子"的说法，这并不是说他在舞台上没有章法，而是他喜欢不断研究、琢磨，每演一回就有了不同的想法和创造。拿《走雪》举例，戏剧家封至模这样评述：

> 过独木桥一场，桥不易过，曹玉莲（陈雨农饰）半晌为难，最后老曹福给她抓了一枝杨柳，她才轻松地手握柳梢走向前去。谁知刚到桥中，无意间忽然眼睛向桥下一扫，天呀！悬崖峭壁下的流水，簸动不稳的木桥，齐出现在她的眼帘。这一惊把曹玉莲的魂魄直飞向天空，因而立即转移视线，颤振腰肢，闪出那种变脸变色，吐吞失神的心情。

实际上,舞台上空空如也,没有独木桥,也没有杨柳梢,全凭陈雨农的眼睛、神色和举手投足,让观众融进了他编织的场景中,为人物捏了一把汗。陈雨农深谙戏剧之道,让观众相信和共情,靠的是他长久的生活积累和对世态炎凉的细心体察,再经过艺术加工,最终呈现在舞台上。剧作家范紫东曾说:"剧本叫雨农先生一排就活了,我的戏能受观众欢迎,有他很大的功劳。"

大气磅礴,亦笑亦傲——陈雨农往事

左起:党甘亭、赵杰民、陈雨农、唐虎臣

陈雨农每接到一个剧本,都要仔细地阅读好几遍,到排戏时达到完全背熟的程度,对剧情或唱词有疑问时,他不会硬排,而是找编剧讨论,直到弄清楚为止。陈雨农和孙仁玉的合作最多,两人有时为着一部戏彻夜长谈,实在累了他就睡在孙先生家里。他排戏是启发式的,很多学生在进易俗社之前识字有限,看不懂剧本,他便给学生讲戏,讲通吃透了,再启发他们的创造性。排戏那几天,他常常天不亮就站在城下等开城门,到社后,学生还没起床。他从不因私事耽误排戏,如此数十年如一日,在过去戏曲界不可多见。

在易俗社30多年,陈雨农导演了300多部戏(包括本戏和折子戏),影响较大的有《一字狱》《三滴血》《夺锦楼》《软玉屏》《庚娘传》《双锦衣》《殷桃娘》《三回头》等,不胜枚举,这些戏,至今仍活跃在秦腔舞台上。

创"梦昆阳""数罗汉"调

戏剧家封至模曾有一个心愿,为陕西秦腔艺人作传,他写的第一个人便是陈雨农。他说,陈雨农最为突出的贡献是对秦腔唱腔的改革,突破了原有七言十言的格律,创造性地设计了许多重字叠字,长短不一的唱法,使得唱腔更加绵密熨帖,婉转动听。

代表性的唱段有《昆阳战》中的"梦昆阳"、《双锦衣》中的"数罗汉"。易俗社的编剧多为知识分子,唱词讲究意境和余韵,给演员留下了足够的做戏空间。李约祉说过,编戏的人懂秦腔,编出的戏亦是合乎秦腔的,往往是想呈现什么效果,就写什么样的句式,使教练能恰如其分地将腔调与唱词结合起来,达到最佳的表演效果。如"梦昆阳"一段,阴丽华思念新婚丈夫,心烦意乱,看见星星讨厌,看见月亮叹息,精力疲倦,神情恍惚,好不容易刚刚伏案假寝,想着也许能梦到昆阳,见到她的郎君,谁知树上黄鹂鸟一阵啼叫,惊醒了她的梦。她又恨又怨地唱道:"莺儿黄,莺儿黄,莺儿惊醒我梦黄粱,谁叫你忽儿——忽儿——嗡儿——嗡儿——飞叫在杨

易俗社早期剧目《双锦衣》戏装照

柳上,惹得奴情境儿慌慌,珠泪儿汪汪,梦不到昆阳,哎呀,哎呀,梦不到昆阳。"又如"数罗汉",姜琴秋被家人误解不贞,躲避尼姑庵,清净佛门,内心却不得清净,她一步一数:"一个儿、两个儿,三个、四个、五个、六个,三六一十八位尊呀尊罗汉。我问你,你喜的、你笑的,怒的、愁的,都是为哪端?难道说你喜我、你笑我,喜我、笑我、怒我、愁我情根未能断,怎知我心似冰雪寒……"

这样的句式在传统秦腔剧目中是没有的,尤其一唱三叹,回旋往复,怎么处理?这是摆在教练面前的新课题。陈雨农却没有畏难,更多的是感到兴奋,这些唱词他已烂熟于心,时刻琢磨,以致夜不能寐。一次他与封至模等人去五味十字的榛苓社看戏,回来的路上大家都在讨论刚看的戏,他却一直不言语,快到社里了,他突然拉住封至模,说:"有了有了,你听我给你唱。"遂唱起《昆阳战》的新腔。原来他一路上都在冥思苦想。

每遇新鲜的唱词,陈雨农都能因人表意,依字传情,巧妙地设计唱腔,既不失秦腔原味,又能有所创新,他首创的"梦昆阳""数罗汉"调,只敲板鼓不用丝弦,唱完后再由板胡拉出旋律,这样的清板唱法至今流传于秦腔舞台。

他深知舞台是一个综合的呈现,因此除了唱腔上的创造,还在化妆、服装、安场、调度等方面贡献自己的智慧。他演《皇姑打朝》时,取消了原有的服装,改为八旗妇女的装束,梳"牌楼头""燕尾",身着旗袍、坎肩,颈围汗巾;《打金枝》中,为表现金枝女撕破衣裳,他创造了"一打两变"的宫装,这些都成为舞台上的亮点。陈雨农常说,不能辜负了先生们编的好戏,没有剧作家与教练、演员的密切合作,要产生不朽之作,几乎是不可能的。

暌违十年再登台

自1912年加入易俗社,陈雨农就很少登台演出了。但观众忘不了那个德娃,当时有书局印刷剧本,还在封面加上他的名字,如《德娃走雪》《德娃皇姑打朝》等,很快便销售一空,可见其影响力。

1922年3月,易俗社汉口分社社长李约祉拟特别启事,刊登于《易俗社日报》。启事称:"本社教练长陈雨农,为人心地忠厚,秉性谦和,于戏曲一道,可谓神通三昧……此次特肯献技一次,盖有两因,在曾看其戏者,十年阔契,旧雨相逢,渴望心切,烦求者无算,情不可却,一也。在未见其戏者,因学生之造就,知必出于高手之裁成,谚云不知其师,视其弟,亦久存尝识之心,烦求者无算,二也。兹特准于月之初七日,登台烦演特别佳剧,以偿众愿。"

消息一出,舆论鼎沸,戏迷奔走相告:易俗社的陈雨农要亲自登台唱戏了!与他上次登台相隔10年之久。自从他当了教练长,从不肯抛头露面,即使在陕西,每遇堂会,军政长官屡次请他出山,他都婉言谢绝,只专心教授学生,久无问世之心。怎么此次在汉口倒愿意登台了呢?特别启事里说得清楚,一是看过其演出的人心心念念难以忘怀,渴望再看;二是武汉人只知道刘箴俗、刘迪民、马平民、苏牖民,却不知他们背后的推手陈雨农,此次演出即是满足外地顾曲者的好奇心。这两条原因自然是台面上的,还有另一原因恐怕李约祉不好明讲,当时部分学生日渐走红,受不住诱惑,开始耍起了大牌,不好好演戏了。李约祉常为此忧心,请教练长陈雨农登台,是一种震慑,也是做表率,希望个别学生迷途知返。

三月初七,陈雨农领衔的《送女》登场,这是他的拿手好戏,以前在魁盛班、玉庆班之时,不知演出过多少场。剧中的丈夫余宽,受人蒙蔽执意休妻,妻子周兰英百般解释,却得不到谅解。陈雨农(饰周兰英)唱到"人人说男子汉心肠太狠"时,不由恨恨地将余宽一指,但因失手过重,几乎将人推倒在地,又急急去拉他回来。这一指、一推、一拉,表现出怨恨、惊惧、委屈、不忍、怜惜,忽而又有一丝羞怯,那种瞬息万变的复杂心理,陈雨农设计得细致入微,真是令人拍案。

演剧界之泰斗

陈雨农现在仅存的音频,是上海百代唱片公司为其录制的《断桥》《珍珠衫》选段,"恨官人丧良心不如禽兽……",刚劲稳实,吞吐得法,字字珠玉,腔腔熨帖。《陕西易俗社简明报告书》评价:"其为戏也,落落大方,高雅绝伦,于布景处亦自巧思。故戏曲一经其手,格外生色,陕人称为演剧界之泰斗。"

辛亥革命以前,陈雨农演了10余年戏,虽然红遍关中,但他在精神上经历了很多痛苦。他清楚地看到,以个人力量不足以办好戏曲事业,而当时的政府,也不可能兴办剧社。后来他接触了一部分进步文人,在思想上起了变化,辛亥以后,他便放弃了个人经营的打算,慨然投身于革命人士李桐轩、孙仁玉创办的易俗社。《易报》曾这样介绍陈雨农:

陈雨农

在前清时即好从士大夫游,以故文学一途亦得深窥门径。其时虽无新编佳剧,而于所演旧剧,独能自出心裁,多所改造,迥与俗子不同,每一奏艺无不倾倒四座,叹为观止。民国元年,同人组织易俗社,招致之,雨农以为志同道合,欣然来就,捐其所有服饰、器具,值数百金。尔时缔造艰难,飘摇风雨,雨农不惮勤劳,备尝辛苦,相与支持,同人至今推为本社开国元勋,非虚语也。

1942年5月2日,陈雨农因脑出血病逝于西安东关寓所,享年62岁。这位清末光绪、宣统时代关中第一秦腔名旦,从事戏曲事业半个世纪之久,很多演员都直接或间接地得到过他的教益,可以说,从清末到抗日战争年代,秦腔的很多改进提高,陈雨农是起着决定性作用的一个人。他不光是易俗社的"开国元勋",更是将秦腔艺术推进到历史新阶段的功勋者。

若向天涯，定有人曾遇

——刘箴俗往事

易俗社第一个大红大紫的演员是刘箴俗,可惜生命于花季之年戛然而止,在他身后,留下了许多谜团,关于身世、性情、死因……他13岁挑大梁,23岁离世,如流星划过夜空,短暂而璀璨。

十年生死两茫茫,不思量,自难忘。今人无缘一睹其风采,我们只能从有限的史料中,拼凑出一个模糊的轮廓,"只因一曲《青梅传》,到处逢人说嗜刘",那是怎样的盛景?1921年,刘箴俗随易俗社到汉口演出,轰动一时,有评论家将其与梅兰芳、欧阳予倩相提并论,誉为"北梅、南欧、西刘"。刘箴俗非易俗社无以传其名,易俗社亦非刘箴俗无以扬其声,二者相得益彰。

刘箴俗(1901—1924)
陕西户县人,秦腔旦角演员

刘箴俗13岁演红《青梅传》,他对自己的成名很懵懂,加之不谙世事,个性孤僻,就像没有熟透的青梅一样,坚硬酸涩,需以人生之酒浸泡,方显甘醇。他还没有来得及品尝人间各色之情味,便过早离世,令人扼腕叹息。清人有词云:

> 春色抛人何处去。
> 若向天涯,定有人曾遇。
> 燕子如何衔得住,柳条已放漫天絮。
>
> 几夜愁听帘外雨。
> 梦断罗衾,梅子青如许。
> 云脚不开开又聚,便天也恁无情绪。

已是晚春,梅子依旧青如许。茫茫天涯,是否

扫码听戏

曾有人与他相遇……

易俗大先生

*** ***

报考易俗，他被挡在门外

刘箴俗能进易俗社，要感谢一个人——剧作家孙仁玉先生。刘箴俗乳名平儿，户县李伯村南堡人，出身贫苦，九岁丧母，随父亲在西安卖羊血度日。易俗社招收第一期学员，当时任主考官的是社监薛卜五。11岁的平儿身材瘦小，衣衫褴褛，头上还生着黄疮，薛社监以"不堪入目"为由，将他拒之门外。

平儿是哭着走出易俗社的。刘父是个老实巴交的农民，本想给儿子找个稳当的营生，虽然唱戏地位不高，起码有吃有穿，不用跟着他风里来雨里去地卖羊血了。现在报考不成，他也不知如何是好了。两人一前一后出了易俗社，在门前的一棵大树下停了一会儿，平儿看着易俗社红色的大门，又抹起了眼泪。正要走时，一位先生向他们走过来，问平儿几岁了，家在哪，叫什么名字。之后说："娃呀，跟我进来吧。"

平儿和父亲不认识这位先生，但看他慈眉善目，便跟着进去了。先生到了评议室，和薛社监说了几句话，考官们小声议论，又向平儿打量。平儿感到浑身不自在，躲在父亲身后不敢抬眼。他不知道，他的命运在这一刻被改变了。这位叫孙仁玉的先生说服了众考官，将他收入易俗社，还说这孩子如果出不来，责任他负。

后来平儿听人讲，孙先生说他是"小翠喜一流的材料"，他问人家小翠喜是谁，人家说，是个唱京梆子的名伶。平儿想，他不能辜负孙先生，他要当秦腔的"小翠喜"。易俗社的先生给平儿起了艺名——刘箴俗，因为长期营养不良，身形瘦弱的刘箴俗扮演旦角反而多了几分优势。他们那一班的学员还有：青衫刘迪民、赵振华、王安民，小生沈和中、路习易，丑角苏牖民、马平民，须生刘毓中，老旦贾明易。

易俗社不提倡梨园行叩头拜师的习俗，学生尊称教练为先生，教练负责训练学生基本技艺兼排练新戏。学生入社，除文化课有固定老师，教练则根据所排剧目的不同来选定。刘箴俗所演诸戏，大多为陈雨农和党甘亭二位教练排演。排戏时，身段唱念，都是一对一教导，易俗社所编均为新戏，对传统剧目改编后方可演出，所以学生学戏，不必从传统戏启蒙，经简单训练后，便可参与新剧排演，刘箴俗便属此例。他悟性极佳，其开蒙戏为孙仁玉新编的《新女子顶嘴》，这是一出时装小戏，如果说"新女子"使刘箴俗小荷初露，那么真正奠定其"秦中第一标准花衫"地位的则是大本戏《青梅传》。

1914年，易俗社教练陈雨农首排孙仁玉编剧的《青梅传》，刘箴俗饰青梅，唱念俱佳，一鸣惊人，从此以童伶身份跻身名伶之列，时年13岁。山西名士景梅九看过刘箴俗的演出后念念不忘，作诗赞道："生小十三上舞楼，窈窕身似女儿柔。只因一曲《青梅传》，到处逢人说嘈刘。"

风靡汉口，文人赠诗表爱意

《青梅传》后，易俗社历年所排新剧，刘箴俗皆为主演。《庚娘传》尤庚娘，《玉镜台》何玉英，《黛玉葬花》林黛玉，《复汉图》阴丽华，《若耶溪》西施，《蝴蝶杯》卢凤英，《夺锦楼》钱瑶英，《双锦衣》姜琴秋……随着年龄增长，他的表演也日臻成熟。1921年3月至1922年10月，易俗社首次出陕赴武汉演出，这是易俗社创办以来的第一个事业高峰，也是刘箴俗艺术生涯的华章。

20岁的刘箴俗年华正好，秾纤得中，修短合度，扮演妙龄女郎及娇小玲珑的婢子恰合身份，有戏迷甚至认为他的表演超越了京津名角，称"程砚秋辈硕人其颀不合于度矣"。《易俗社日报》署名"鄂痴"的文章说，《黛玉葬花》一剧，欧阳予倩的版本叹为观止，以为不会再有人演过他，而刘

① ② ③ 的排列

① 1921年5月19日《大汉报》登载易俗社演出《软玉屏》(后本)的信息，刘箴俗、刘迪民、沈和中、路习易主演

② 1921年6月25日在汉口演出《双锦衣》(前本)戏报

③ 1921年5月8日在汉口演出《夺锦楼》(图片由陇上一痴先生提供)

箴俗一来，恰如"圆珠走盘，令人神溢，其惜花之神情，扫花之态度，葬花之姿势，无一不出神入化。当其闻宝玉哭声时，以花锄掷地，恨声言：'原来这狠心的在这里。'似有无限幽怨横梗心中"。时人认为刘箴俗的确有过人之才，欧梅之风，将来菊部争辉，刘箴俗有望和欧阳予倩、梅兰芳鼎足而立。"北梅、南欧、西刘"由此叫响。

当时欧阳予倩的南通伶工学社也在汉口演出，因为两社志向相近，境遇相同，彼此甚为亲近，易俗社已能够靠学生演出维持日常开支，而南通伶工学社还是由欧阳予倩个人充当台柱维持生活。欧阳予倩很佩服易俗社的办事精神，两社曾在一起座谈联欢，欧阳演全本《大香山》，易俗社演出《殷桃娘》。刘箴俗在汉口拍摄《西施浣纱》剧照时，欧阳予倩带着自己的全套行头，亲自为刘箴俗装扮，摆姿势。

当地报刊连篇累牍，评论易俗社及主要演员。有文章称："余观该社所演之曲，纯系陕西秦腔，唯刘箴俗能变化声音，迥然超出众员之外，诚百炼钢化为绕指柔也。故观者无不赞赏。至于容貌身体均恰到好处，做工更不寻常。刘箴俗有此四绝，易俗社之声誉所以日见隆隆也。"

对于自己喜欢的演员，文人骚客不惜笔墨，纷纷赠诗表达心意。现撷取两则——

署名"雁影楼士人"《赠易俗社刘箴俗》：

> 西风一夜满江浔，南国居然听雅音，洗却寻常脂粉气，换来今古性情深。
>
> 侧闻汉上声如海，始信人间俗可箴，莫道六郎花似貌，现身也是菩提心。

1923年6月5日发表于《关西日报》署名"园"的诗作：

> 一笑嫣然百媚生，娇憨描尽女儿情，低回舞态轻于燕，婉转歌喉滑似莺。

欧阳予倩拿出全套服装道具,为刘筱俗《西施浣纱》设计造型(封玉书先生供图)

满座凝眸齐喝彩，一时拍手听同声，看花毕竟长安好，肯让欧梅独掩名？

在汉口的一年半时间里，易俗社吸收兄弟剧种所长，拓宽了眼界，演出整体水平大为提升，尤其刘箴俗，在表演、唱腔、化妆等方面更加精进。

欧阳予倩初见箴俗

欧阳予倩是中国现代戏剧奠基人之一，新中国成立后任中央戏剧学院首任院长。他早年留学日本，致力于话剧推广，回国后做京剧演员，1919年创办南通伶工学社。他长刘箴俗12岁，1921年易俗社在汉口演出，欧阳予倩看了两场刘箴俗的戏，便一直念念不忘。他在《陕西易俗社之今昔》一文里回忆了初见箴俗的情景：

> 学生里头有几个很好的，就我所看见的而论，生如刘毓中，丑如苏牖民，旦如刘迪民、刘箴俗，都是很好的。我尤其欢喜刘箴俗，他实在有演戏的天才……箴俗是生就演旦角的材料，很少人能够及他。他的身材窈窕而长，面貌并不是很美，但是一走出来，就觉得有无限动人之致。他的眼睛小小的，好像不如刘迪民那样明秀，然而所含的情感比迪民多，所以异常有力。他的表情极细腻，而轻重疾徐之间，最有分寸，真是刚健婀娜，兼而有之。我所看见的旦角，所得印象最深的莫如箴俗。我敢说现在北边几个有名的花旦，没有一个能够及他。我看他的戏不过一两出，始终不会忘记。

那时剧团之间的交流比较少，地域、剧种不同，大部分剧社囿于本地，如果不是走出来演出，是没有什么学习与融合的机会的。欧阳予倩很赞赏易俗社，与汉口分社社长李约祉有过多次深谈，他认为易俗社的戏，场子，做派，演法还是旧戏的方式，唱的是陕西梆子。好就好在易俗社的宗旨是

丹桂第一台
礼聘名重海内外青衣花衫新旧剧专家
特烦欧阳予倩
君新排义侠哀感的杰作
是恩是爱
予倩欧阳
珍养数天诹吉登台整本大套一夜演完

1925年5月2日《申报》登载欧阳予倩演出戏报

辅助教育，移风易俗，所以注重之点，在劝化而不甚着意于戏剧本身。"他们的戏唱做都非常认真，表情很周到很稳重，描写性情颇能尽致，而没有丝毫过火的地方，这实在很难得，而且细腻熨帖，比旧时的戏有不少进步。"

1925年5月9日，上海《申报》刊登一则大幅广告："丹桂第一台十七夜准演全班名角合演、上海从未演过之头绪复沓、条理分明、人奇事奇、庄严诙谐新戏整本《软玉屏》，全班名角一齐有份，情节曲折一夜演完。"

这本《软玉屏》是易俗社编剧范紫东的代表作。当年欧阳予倩在汉口观看易俗社演出，对两出戏印象深刻，一是李约祉编剧的《韩宝英》，一是《软玉屏》，于是有了移植为京剧的想法，遂向易俗社申请版权，允许他在别处自由排演。易俗社感念欧阳予倩是秦腔的知音，对该社表演多有指点，便将两部戏的版权赠予欧阳先生。

秦腔《韩宝英》由刘迪民、刘箴俗双饰韩宝英，阎振国、刘毓中双饰石达开，演出阵容强大。欧阳予倩将其改编为京剧，重新命名《是恩是爱》，1925年5月在丹桂戏院连演三晚，宣传海报上写着："丹桂第一台礼聘名重海内外青衣花衫、新旧剧专家特烦欧阳予倩君新排义侠哀感的杰作。珍养数天，诹吉登台。整本大套，一夜演完。"

《软玉屏》在《是恩是爱》之后登场，欧阳予倩饰魏纫秋，当年这个角色正是由刘箴俗扮演。为表示对故友的尊重，欧阳予倩在《申报》刊文，"我的艺术万不及刘君，不过我曾领教过好几次，似乎还不致于乖远他的大致,虽然,不求有功,但求无过足矣。"

彼时刘箴俗已去世半年,欧阳予倩时感伤怀,他说,箴俗的艺术纯精粹美,是他崇拜的旦角之一,可惜造物忌才,他在排戏时常常恍惚,忘记"刘君已作古了"。

"二刘"争辉

秦腔很多大本戏,为追求情节丰富曲折,多为"双生双旦双洞房",即一出戏多线索并行,男女主角双配置。其中两位女主,一位青衣,一位花旦,一位端庄,一位活泼,各有所长,互为映衬。舞台上二女争艳,戏迷难免会做比较,谁的唱功好,谁的做功好,谁扮相漂亮?

当时西安就有看客分成两党,一党捧刘迪民,一党捧刘箴俗。刘迪民和刘箴俗是易俗社同期学员,并称"二刘",刘迪民偏青衣,刘箴俗偏花旦,两人经常搭档演出,如:《软玉屏》刘箴俗饰魏纫秋,刘迪民饰白妙香;《蝴蝶杯》刘箴俗饰卢凤英,刘迪民饰胡凤莲;《三滴血》刘箴俗饰贾莲香,刘迪民饰李晚春。二人中刘迪民年长10岁,人称"大刘",刘箴俗称"小刘"。

易俗社在汉口演出时,关于大小刘的争论最多,有顾曲者借报刊阵地"开战",一方认为"传统青衣善唱不善做之陈习,已渐渐为观众所不容,刘箴俗之所以享盛名者,一藉其做派,二藉以外界之宣传,此易俗社得天独厚之优势耳"。另一方不以为然,称"若小刘者,声价一时迷阳城而惑下蔡者,颇不乏人。予则嫌其做失于过,音偏于媚,南腔北调,吐字舌挑其中,气不足,腔调不圆。"

署名"云集山人"发表文章《谈易俗社之刘迪民》,将"二刘"与汉班"二翠"相比。"二翠"是当时的汉上名伶,作者以为,迪民即汉班之瞿翠霞,而箴俗即汉班之小翠喜,二人"合之两美,离之两伤"。但他也不掩饰对刘迪民的喜爱,"予最赏识《春闺考试》中饰徐小姐者,卢小姐(作者注:刘箴俗饰演的卢凤英)风流无比,徐小姐蕴藉无伦。久之始知是饰卢小姐者为刘箴俗,饰徐小姐者为刘迪民,而余之心契迪民较之心契箴俗尤为真切。因迪民一串珠喉出于丹田,故能耐久,而一种温柔敦厚之气溢于眉宇,却不染半点狎亵之习。"

欧阳予倩也关注到了"二刘"现象,说"这本来没有什么道理的,不过是看客要这样闹也没有法子"。欧阳予倩说,他们到了汉口,"二刘"都很受欢迎。平心而论,刘迪民扮相很丰满,身材相当的高,表情很温爽而

① ②

① 刘迪民在时装剧《秋风秋雨》中饰秋瑾
② 《殷桃娘》刘迪民饰虞姬

明快,自是难得。但是他演旦角不如演小生,演小生雍容华贵,尤能显其特长。

从汉口回来的两年后,刘箴俗离世。刘迪民跟随陈雨农学青衣,技艺精进。1932年易俗社进京演出《颐和园》,刘迪民饰慈禧,"气象严毅,恰如其人"。但他的时代已经过去了,第二代旦角演员王天民一鸣惊人,独挑大梁。刘迪民转任教练,退居幕后。

无一不是"刘党"

陕西人有多爱刘箴俗?民国时期,西北大学讲师,兼任陕西省省长公署秘书的张辛南曾说:你如果要说刘箴俗不好,千万不要对陕西人说,因为陕西人无一不是"刘党"。

这句话记录在民国"副刊大王"孙伏园的一篇回忆文章里,他说:"刘箴俗三个字在陕西人的脑筋中,已经与省长差不多大小了。而刘箴俗还是一个好学生,易俗社的成绩榜上,我看见过箴俗的名字。"

刘箴俗的长项在做工,他自幼身体弱,气息不足,秦声素来高亢,在他这里却是低回婉转。但刘箴俗的聪明就在于取己之长补己之短,他用属于箴俗的独有的表演将观众的眼睛牢牢地抓过来,凡《复汉图》之阴丽华、《洞房》之卢凤英、《夺锦楼》之钱瑶英、《双锦衣》之姜琴秋,一经他手,便成准绳,后来演以上诸剧者如张秀民、王天民、宋上华等,均以他为范本。

戏剧家封至模先生尤其赞赏刘箴俗的表演,曾撰写多篇文章加以分析。如《玉镜台》"哭路"一场,何玉英想起新婚丈夫,成婚当晚因军务紧急仓促而去,再无消息,不由一阵猜想:"莫不战死!莫不病亡!"说至此,人声乐声,戛然而止。刘箴俗演出时,因所演人物脑子骤然这么一转,心绪茫然,当下双目呆滞,直似听见了不祥的消息,不能自持,接着滚白"哎、哎、哎"三叹,悲情难抑。台下观众也不禁落泪。再如《玉虎坠》"告状"一场,唱"我这里出女庵将门倒掩"一句时,箴俗双手带门、锁门,再哭

《复汉图·昆阳战》刘箴俗(左)饰阴丽华,路习易饰刘秀

爹爹，背包袱下场。从小边台口开始，观众便掌声不断，一直送他走下场门。刘箴俗也能驾驭另一类角色，在《杀狗》中扮演焦氏，他搬过椅子一放，十指相参，抱膝一坐，说："咱两个今日、明日、后日，三天都莫要说话！"活脱脱一个泼辣妇女。

湖北名士袁达三赞箴俗"眉目神色俱是戏法，喜怒哀乐均有书气"，让人联想起清乾隆年间的名伶刘郎玉。

刘郎玉是秦腔名旦魏长生晚年的高足，从小以唱小曲闻名，后入三庆部，时人评他"态度安详，歌音清美，每于淡处生妍，静中流媚"。而刘箴俗亦有刘郎之风采，他演青梅，自荐一幕，情致缠绵，却丝毫不涉淫逸，殊为可爱。汉口演出时掌声长达一分钟，很多不看戏的人也慕名而来，1922年易俗社在汉口举行成立10周年纪念活动，所收赠品甚多，送刘箴俗的占了一大半。据易俗社老艺人郝振易说，从汉口回陕，社会各界赠送的匾额装了半火车皮。古语有云，一笑倾城，"刘郎足以当之"。

淡泊之守，镇定之操

当时社会上有"易俗六君子"之称，指的是：刘箴俗、刘迪民、沈和中、路习易、苏牖民、马平民。刘箴俗为"六君子"之首，而他的为人做派，确有君子之风。

孔子云"君子固穷"，并不是说君子天生就穷困，而是处于困境，还能坚守自己的操守和追求。刘箴俗家境贫寒，自汉口归陕后，声名如日中天，赠钱款者，想与其结交者大有人在，他却决不肯稍取不义之财。封至模曾在文章中写到，有某军阀队伍的一位官员前往刘箴俗家中拜望，看其困顿，当面赠票洋六百元，刘箴俗怫然不顾而去，给那人一个大无趣。又有甘肃某旅长，怀重金求见被拒，这位旅长回去后念念不忘，又来信问他需要什么东西，愿意全数买来送他。刘箴俗毫不理会，拿着原信交给了社长。有一年冬天，军阀陆建章的宪兵营长何贯五，看到刘箴俗喜作拍球活动，就

刘箴俗《黛玉葬花》

拿来一个红皮球要送给他，箴俗拒绝了，弄得何贯五下不了台，跑到社监室大闹。社监无奈，只得赔礼道歉，但红皮球却被箴俗丢到茅厕里去了。

"淡泊之守，须从浓艳场中试来；镇定之操，还向纷纭境上勘过。"刘箴俗在艺术上追求不懈，对于生活，却是那样的天真无邪，无欲无求。他为人耿介，不与时俗同流合污，常给人孤高的印象，但观众却敬重他。没有戏的时候，他便闲居在家，不喜外出，不喜应酬，不做无益的消遣，有时兴致来了，就自制玩具来取乐，沉浸在自己的世界里。有人说他不近人情，但他对朋友真诚，对父亲孝顺有加；有人说他不察物情，但他钻研表演细致入微。易俗社演员贾明易曾说，刘箴俗是他们同辈中最出色的一个，不只在艺术上，还有他的道德品质，都令人敬仰。

刘箴俗走后，沈和中、苏牖民相继离社，"六君子"仅剩三人，易俗社最杰出、最完整的演出阵容无法保持，第一个艺术高峰从此更迭。

为鲁迅演戏之谜

1924年7月，鲁迅先生应邀来西北大学讲学，从7月14日至8月4日，在西安住了21天。与鲁迅同行的有北京师范大学历史系教授王桐龄，东南大学国文系教授陈钟凡，南开大学哲学系教授陈定谟，北京大学物理系教授夏元瑮等学者，还有《京报》记者王小隐，《晨报》记者孙伏园。讲学之余，鲁迅一行游览了大小雁塔、碑林、灞桥等地，还到易俗社看了几场戏。《易俗社编年记事》记载：7月16日、17日为鲁迅演出《双锦衣》前后本，18日演出《大孝传》全本，7月26日演出《人月圆》全本。鲁迅从最初对秦腔的不甚了解，到后来渐渐着迷，一次他饶有兴致地说："张秘夫（即张辛南秘书，长安方言把秘书的'书'念作'夫'音）要陪我们去看易俗社的戏哉。"

对于刘箴俗是否为鲁迅演过戏，一直以来众说纷纭。孙伏园在《鲁迅和易俗社》一文中曾有记述：

> 在西安待了二十来天，我和鲁迅先生与夏元瑮先生等人返京临行之前，陕西省省长刘镇华在易俗社特设宴为我们饯行。鲁迅先生平素是不愿参加这种繁文俗礼的，但由于他对易俗社颇有好感，因此欣然赴宴。这次饯行却是一次别开生面的宴会，宴席摆在易俗社的剧场内，舞台上由易俗社的主要演员刘箴俗等演出精彩节目，台下除我们一行宾客外，就只主人十余人，其他再无旁人。

孙伏园回忆，当天的气氛很好，大家一边看戏，一边畅谈，一边就餐，虽然台下观众寥寥，演员们却丝毫不懈怠，都以兴奋的心情和认真态度参加演出。文章明确提到刘箴俗，而《易俗社编年记事》亦引用了这段描述。

易俗社为鲁迅安排的第一场戏是《双锦衣》，为刘箴俗代表作。为什么选这出戏？《双锦衣》的编剧吕南仲和鲁迅是浙江绍兴籍同乡，因此见面格外亲切。鲁迅认为吕南仲以绍兴人从事编著秦腔剧本，并有影响力，很是难得。

也有研究者认为，刘箴俗并未给鲁迅演过戏，因为1924年春天，刘箴俗病倒，自此再未上过舞台。但此说法显然站不住脚，在《民国时期西安秦腔班社戏报汇编·易俗社卷》一书中，记载了1924年易俗社演出日程，刘箴俗8月份最后一次登台是27日午场，演出时装小戏《近视眼》（孙仁玉编写），此前5月、6月、7月，刘箴俗一直在演出，均担任主演。所以，说他"春天病倒就再未登台"是没有根据的，不足为信。据刘箴俗同期学

刘箴俗在《双锦衣》中饰演姜琴秋

员贾明易回忆,箴俗春天病倒后,只停演了不到两个月,迫于各方压力重回舞台,一直演到夏天,身体再也支撑不住,一病不起。现在看来,刘箴俗第二次病倒,是在鲁迅离开西安之后,他作为易俗社的头牌,为鲁迅演戏也在情理之中。

在此期间,适逢易俗社成立12周年,鲁迅特别题写了"古调独弹"四字,制成匾额赠给易俗社。李约祉在《谈"古调独弹"》一文释义:"鲁迅先生以易俗社同仁,能于民元时即站在平民立场,联合艺人,改良旧戏曲,推陈出新,征歌选舞,写世态,彰前贤,借娱乐以陶情,假移风而易俗,唱工艺精,编述宏富,因题赠'古调独弹',于褒扬之中,寓有规勉之意。"离开西安前,鲁迅又以讲学所得酬金50元赠易俗社,他对孙伏园说:只要够旅费,我们应该把陕西人的钱在陕西用掉。

往事如烟,"古调独弹"牌匾在抗战中被炸毁,我们现在看到的是复制品,仿鲁迅书体重新写就。"古调独弹"是易俗社辉煌岁月的缩影,那段岁月中,有吕南仲,有《双锦衣》,有刘箴俗。

鲁迅题写"古调独弹"匾额

易俗大先生

误传死讯

1924年7月的某一天,一个消息在长安城传播开来,开始是两三个人悄悄地说,之后越来越多人打听,传播,终于闹得沸沸扬扬,满城风雨。那就是——刘箴俗死了!

爱看戏的人闻之悲恸。山西名士景梅九曾在陕西教书,多次到易俗社看刘箴俗的戏,为之倾倒。听闻此消息伤心欲绝,一口气写下《稚伶刘箴俗哀辞十四首》,其一首云:

噩讯忽传稚伶死,一为洒泪向长安。
奇才如子愁难再,歌舞台空七月寒。

实际上刘箴俗并没有死,而是病倒了。贾明易在《忆箴俗》一文中说,刘箴俗十五六岁时得过肺病,至1924年春天,病情愈加严重,不得不回家治疗休养。他这个招牌不在社里立着,上座率大不如前,收入锐减,加之不断有人上门询问,其中不乏流氓无赖。在几重压力下,刘箴俗身体稍缓,便又登台了。那年夏天异常炎热,有一天演午场,刘箴俗站在台口,感到头晕目眩,冷汗直流,但他还是上了舞台,刚唱了一句"女钗裙在衙内精神不爽",便"两眼痴呆,脸色灰白,口不能言。同台的演员连忙上前抱住了他……"刘箴俗被抬下来时,已不省人事。

易俗社的台柱子倒了。但大家对他还有希望,觉得这样一位年轻的演员,只要治好了病,一定会重回舞台。景梅九听说刘箴俗没死,喜出望外,写了《闻刘伶未死喜占二绝》:

怅说奇花落舞筵,曾为洒泪一凄然。
飞来片语佳儿在,深喜恶因是误传。

> 莫怪中年竟乐哀，笙歌满地几人才。
> 怜他绝代风姿美，重整全神注舞台。

可是，天不遂人愿，刘箴俗倒在台上后，从此一病不起，直拖到了那年冬天。11月29日，他最后一次演出《美人换马》。12月27日，刘箴俗离世，年仅23岁。

关于刘箴俗的死因，外界一直有议论，一说是病逝，一说是服毒自杀。欧阳予倩在《陕西易俗社之今昔》一文中写道："他的脾气颇孤僻，听说很少人和他交得来，他从汉口回到西安，不久我就听说他死了。据易俗社的报告是病故，但我所听到的却是服毒，真相不明，无从问讯。总之，他之一死，是易俗社的不幸；不过在他自己或者是幸也未可知！"

高山流水遇知音

刘箴俗的死，"在他自己或者是幸也未可知"。欧阳予倩的这句话究竟有着怎么样的意味，我们无从探究了。刘箴俗生在那样的年代，无论在戏台上多么风光，终究是世俗人眼中的"戏子"，受到的赞誉有多大，承受的屈辱就有多重。

公葬之日，送灵的队伍长达二里多，街道两边站满了人。很多人不敢相信，易俗社的"小青梅"真的走了？上半年还看到他的宣传戏报，报纸上常有倾慕者为他作诗。有署名"竽笙"的赠诗曰：

> 长安十载说刘生，游倦归来恰有情。千里壮怀枥下骥，三春歌舞柳边莺。
> 乌纱象简逢场戏，檀板银铮度曲声，应是天台旧伴侣，京华菊部早知名。

从13岁挑大梁，到23岁离世，刘箴俗整整红了10年。这首诗竟像是他的人生结语，读来令人无限怅然。刘箴俗生前朋友极少，易俗社营业部主任樊月亭算是他的知己了。樊月亭崇拜刘箴俗，由戏及人，平日里喜欢学唱刘的唱腔，几达以假乱真的程度。刘箴俗走得匆忙，家贫无地安葬，樊月亭主动提出，将好友遗骨安葬在东关外自家的墓地里。樊月亭说，我们生前相好一场，死后葬在一起更觉亲热。出殡那天，樊月亭一身素衣，为好友在东关举行路祭。刘箴俗生前未曾娶妻，其父为了怀念儿子，给箴俗找了个义子，起名刘小俗，后来也在易俗社学艺。每逢清明，刘父总要带着小俗到东关为儿子扫墓，还要到樊月亭家住上一宿。

刘箴俗死后，为赡养其父，易俗社每月给原薪资的三分之一（钱十七串），至刘父寿终。1931年编印的《易俗社简明报告书》对已故学生刘箴俗这样评价：艺术道德为本社旦角第一，陕人以比梅兰芳，称曰"东梅西刘"，武汉人士至誉为"戏圣"。民国十三年冬，积劳病故。挽联之多，葬仪之盛，追悼之诗连篇累牍，陕西剧界未之有也。

看似寻常最奇崛，成如容易却艰辛

——王天民往事

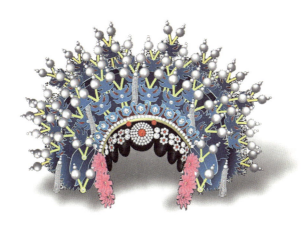

直到自己在这个行当摸爬滚打了近10年之后，王福宏才真正理解了父亲。一个男人，好好的干嘛要唱旦角？王福宏这么想过，但从不敢问。父亲说："出了二帘子，我就不是我了。"他变成了许翠莲、卢凤英、赛金花……变成了舞台上那一个个风华绝代的女子，唯独忘了自己。

是的，他唯独忘了自己。他在家里沉默寡言；他有些木讷，见人只是点头，含着笑意；他的两个孩子，王淑珍、王福宏姐弟甚至想不起和父亲在一起说笑欢乐的画面。很多人惊诧于他在舞台上的灵动，一颦一笑，举手投足都是戏，人们说，奇了怪了，怎么这个人一扮上戏就全变了。而他的"变"又是极其寻常的，生活化的，那种小女儿情态，那种和角色的契合度，让观者已然忘却这是一个男人。

"看似寻常最奇崛，成如容易却艰辛"，王天民在舞台上的举重若轻，浑然天成，背后不知付出了多少心血。他11岁入易俗社，初习小生，教练党甘亭见其姿态曼妙，声音清朗，是个唱旦角的好苗子，遂令他习旦角。12岁登台，一出《柜中缘》崭露头角，轰动长安。此后的几十年里，不管外界如何风云变幻，他一直坚守舞台，即便在易俗社最艰难的时期，也从未离开过。1931年编印的《陕西易俗社简明报告书》中评价，王天民"面若满月，行若浮云，庄重而不板滞，活泼而不轻佻，喜怒哀乐，能合分际，其声若莺儿若笙簧，唱功之娓娓动听，为本社历来所未有。若声誉之在今日，犹昔日之刘箴俗。"

"天香院主"是戏迷送给王天民的雅号，他演过

王天民（1913—1972）
陕西岐山县人，秦腔旦角演员

扫码听戏

杨贵妃,雍容如牡丹,遗憾的是,王天民没有留下任何视频资料,两个子女也只保存了为数不多的戏装照。20世纪30年代,上海百代唱片公司录制了他的《柜中缘》《洞房》《杨贵妃献发》等唱段,80多年过去,虽然岁月磨损了唱片的音质,但无法抹去他精湛的表演,每一句唱腔、念白,小到一声叹息、停顿、转折、尾音……无不细致入微,入情入境。

在寻访王天民印迹的日子里,我常常听着老唱片想象他当年的风采。人们只知道中国有个梅兰芳,却不知陕西有个王天民。

※※※　※※※

25年台柱子

1924年冬天,易俗社笼罩在失去刘箴俗的悲痛中,尤其是教练党甘亭。刘箴俗入社,党甘亭手把手教导,看着这个孩子从懵懂无知到登台唱戏,短短几年便成长为易俗社的台柱子,他是既欣喜又欣慰。没想到,这孩子福薄,年纪轻轻就走了,党甘亭真是伤心啊,他不知道,现在还有谁能够接替刘箴俗,撑起易俗社的舞台。

党甘亭是清末民初秦中名旦之一,艺名"胎里红",其时民间流传着"只要能看胎里红,哪怕熬眼到天明"。他成名早,拿手戏多,经常是连台戏,走到哪唱到哪,20多岁嗓子就不行了。易俗社成立的第二年,他被聘为专职教练,从此潜心教授学生,刘箴俗、张秀民、田畴易等皆由他手出名。刘箴俗的离去对党甘亭打击很大,很长一段时间缓不过来,直到他发现了王天民。

王天民乳名天贵,字子纯,1924年春入易俗社学艺。据说王天民的祖上是当官的,曾祖父官至道台,祖父曾任县令,但到了他父亲这一辈,家道渐渐败落,产业也没有了,父亲只好去有钱人家作厨。王天民的母亲姓陈,出身名门,为了贴补家用,平日里做些缝补浆洗的活计。王天民一天

《柜中缘》王天民饰演许翠莲

易俗大先生

天长大,看着别的孩子进学堂,心里羡慕,却从不表现出来,每天依然拾柴捡炭,换一点钱。11岁时,母亲考虑再三,将他送到了易俗社。上不了正式学堂,学一门技艺也是好的,而且易俗社不光学艺,还学文化,这一点让母亲稍感安心。事实证明,王天民有唱戏的天赋,那时党甘亭正为失去学生刘箴俗伤心不已,在新入社的第六期学员班里,他发现了一个孩子——习小生行当的王天民。他找到编辑主任孙仁玉,说:"这孩子的身形、声音条件适合学旦角,让他跟我学吧。"

王天民学的第一出旦角戏是《柜中缘》,他的领悟力常常令党甘亭惊讶,之前,张秀民、刘迪民都因演许翠莲获好评,现在王天民版的能否超越呢?党甘亭排戏素以细腻熨帖见长,喜欢在无人时闭门教授,师徒俩都是极有耐心之人,一唱一做,反复细磨细抠。1926年春,镇嵩军围攻西安,城内人心惶惶,易俗社的演出收入每况愈下,必须要有一出叫得响的戏支撑危局。当下选定《柜中缘》,由王天民扮演许翠莲,耿慧中演淘气,康顿易演李映男。演出当天,大家都捏着一把汗,一个12岁的孩子,能顺利演下来吗?大幕拉开,王天民在帘内两声应答:"来了,来了!"嫩声娇气,一掀帘子,迈着小碎步翩然行至台口,站定,环顾四下。一个通堂好!

王天民红了,在易俗社排演的众多剧目中均担任主演,《复汉图》《夺锦楼》《蝴蝶杯》《颐和园》《三知己》《黛玉葬花》……唱一部火一部,时人评价,"金瓶牡丹,富贵缠绵;声似裂帛,字正腔圆。"

战争时期,不少演员因生活所迫,出社另谋出路,常有外地剧团在西安拉名角。据王天民的女儿王淑珍说,当时有人出重金拉父亲出易俗社,他一律拒绝。一次,"宁夏王"马鸿逵以十箱大烟土、一万现大洋及金戒指等诱其去宁夏,他不为所动,后随剧社去宁夏演出,马私下赠以重金,他如数上缴社方。时任社长高培支多次赞叹:"王天民之于易俗社,真忠臣也!"

从1926年到1951年这25年间,王天民一直是易俗社的台柱子,直到身体不允许,才不得不退出了舞台。

洞房"三笑"

2009年6月,陕西省举行非物质文化遗产秦腔项目代表性传承人展演,最后一场是《洞房》。演出开始前,全巧民心里直打鼓,她已经72岁了,与她搭档的杨文颖先生78岁。

其实,年龄和身体状况,还不是全巧民最担心的问题,而是《洞房》虽然名气大,但并不是压大轴的戏,生旦都没有成套唱腔,也没有大动作,比较温。50年前,王天民将自己的代表作《洞房》传给全巧民,之后经历"文革",此剧再也没有和观众见过面。全巧民是唯一将这出戏继承下来的学生,她能演出老师的神韵吗?全巧民回忆起那天演出的情景,"我忐忑不安地上场,走到台口一个王天民式的抿嘴笑,赢来一阵喝彩,我才放下心来。老师教我时的一颦一笑,一个眼神,历历在目,我是照着他的路子演的,当年学的时候我年纪小,现在才真正体会到王天民《洞房》的魅力。"

《洞房》是传统本戏《蝴蝶杯》中的一折,王天民饰演的卢凤英与《柜中缘》的许翠莲全然不同,许翠莲是邻家女孩,纯真质朴,卢凤英是大家闺秀,温柔矜持。《洞房》一折讲的是,新婚之夜,卢凤英得知夫君田玉川竟是杀她亲兄的罪魁祸首,一时之间,震惊、悲戚、怨恨、犹疑、怜惜、不舍、爱慕,种种情绪交织,层层递进,而这些大起大落又要发乎情止乎礼,符合一个大家闺秀的身份设定。戏剧评论家封至模在《王天民之"撒手锏"》一文中谈道:《洞房》之难,"不在唱白表做,而在身份之合,他人演之,不伤于荡,即伤于泼,或伤于小气,否则呆若木鸡,冷若泥塑……王之长即在喜怒百出,始终是一总督小姐,此为难能可贵也。"

1932年易俗社进京演出,王天民《洞房》轰动京城。当时梅兰芳不在北京,错过了这场戏,后来还专程到西安看王天民的表演。戏曲理论家齐如山在京宴请王天民、康顿易,席间请王即兴表演《洞房》之"笑",齐盛赞:"仅这几笑即可作长篇评论。"时人评价:"全剧生色处,尽在三笑中。"

王天民(右)与康顿易合作《洞房》

第一笑：初入洞房，卢凤英被丫鬟扶着垂首缓行，心中暗自思忖，不知父母给她选定的郎君是何等样貌。王天民表演时，微微仰头，正与田玉川四目相对，他迅即扭颈俯首，以左袖掩面，抿嘴一笑，喜而不露，却是心花怒放。

第二笑：深夜醒来，发现新郎倚桌独眠。卢凤英唱："洞房里偷眼看奴的新郎，怪不得老爹爹将他夸奖，果然是潘安貌绝世无双。今夜晚偕花烛喜从天降，因何故锁双眉呆坐一旁？移莲步出罗帷去把话讲……"王天民以轻盈的小碎步移至桌前，欲叫醒新郎，口一张，欲言又止，羞答答转身满意地一笑，又赶紧双手捂嘴。

第三笑：二人同出罗帐，相视一笑。这一笑，要表达卢凤英对田玉川的浓情蜜意。王天民别出心裁，他嫣然一笑，眉目含情，旋即来了个大转身，背对观众而立，但台下仍能感受到他盈盈的笑意。

封至模评价王天民的表演："扮相得一'腻'字，身段得一'娇'字，唱功得一'柔'字，做工得一'细'字。脱尽秦腔火气、粗豪之短。"

纸上风波

1932年1月，西安《新秦日报》举办"菊部春秋"活动，评比十大秦腔青衫演员，王天民名列第一。报纸随即刊出《王天民专号》，全面介绍他的代表作和表演特色。在扩大其影响的同时，也使王天民站在了风口浪尖上，各种评论文章铺天盖地，有褒扬，亦有贬损，更有不实的毁谤。

西安某家报纸，刊登了一篇题为"易俗学生被俗易"的文章，说易俗社正走红的学生王天民、康顿易等人在不正当场合聚众赌博，被警察抓走，警局的人一看是王天民，教育了几句又把人放了。文章写得有鼻子有眼，舆论为之哗然。王天民本是个最不爱惹事之人，但这件事关系到易俗社的声誉，于是和其他几名学生找到报社，要求澄清事实，消除影响，但遭到拒绝。易俗社的学生们不干了，30多人冲进报社，找社长算账。社长开始避

易俗大先生

王天民戏装照

而不见,后来被逼急了,竟然对学生们说:"你们有刁难我们看戏的权利,我们有揭露你们伤风败俗的自由!"原来,症结在这里。易俗社为整顿看戏风气,尽量少赠票,不赠票,一些特权阶层没有免费的戏看了,自然不满。此报纸嫌易俗社不给送票,所以才闹了这一出。

学生们怒了,将社长一顿痛打,又砸了一些设备。这件事惊动了杨虎城,后来易俗社拿出证据,是两张报纸,一张上刊登着易俗社的演出广告,另一张就是那篇攻击文章。文中所说学生赌博的时间,王天民等人正在演戏,怎么可能分身做另一件事呢?真相大白!对于众学生打了社长,砸了设备,杨虎城批示:不宜小题大做。一场风波就此了结。

另一件事,西安"青帮"老大叶新甫,好女色,亦好男色,有的男旦,就曾以女儿妆陪其吸食大烟。叶对王天民觊觎已久,几次请他来,王天民均不予理会。叶新甫恼羞成怒,仗着在警察局当差的身份,以查户口为名,

《精忠报国》王天民饰演梁红玉

《还我河山》王天民饰演岳母

拘押了王天民，且故意置于牢房的尿桶旁，逼他做出舞台上的笑脸。王天民自然不会顺从，结果禁闭数日，后经社方出面交涉，方才放出。

剧作家樊仰山与王天民亦师亦友，他曾说，那时，社会上颇多不正之风，所谓显宦姨太、豪贵小姐以及勾栏暗娼，对王天民都是趋之若鹜，而王不为所动，始终坚白厘然。

西京梅兰芳

王天民"西京梅兰芳"的称号，是在易俗社赴北平演出之后叫起来的。那是1932年，距易俗社汉口之行已过去10年之久，他们踏上了中国的中心城市——北平。上一次是以刘箴俗为首的演员团队，这一次是王天民、刘迪民、耿善民、马平民、康顿易、汤涤俗等第二代演员组成的强大阵容，加上其他演职人员，共计90余人。在不到一个月的时间里，他们演出大、小剧目40余部，场场爆满，掀起了一股"秦腔旋风"。

说起秦腔进京，不能不提到戏曲史上著名的"花雅之争"。"花"指的是以秦腔为代表的地方戏曲，被认为驳杂、低俗；"雅"就是长期占据戏曲统治地位的昆曲，代表着正宗和高雅。清乾隆时期，"花雅"的争斗达到高潮。这时出现了一个叫魏三的秦腔男旦，大名魏长生，家中排行老三，故称魏三。乾隆四十五年，他入京师双庆班，放言：使我入班，两个月内必为诸君增价，否则甘愿受罚。魏三以《滚楼》一剧名动京城，清人吴太初在《燕兰小谱》中记载："一时歌楼，观者如堵，而六大班几无人过问，或至散去。""六大班"指其他京腔班社，魏三的走红令很多伶人失业，争相进入秦班谋生，他们学习魏三的唱腔，一时间出现京腔秦腔同台演出的局面。

就在秦腔发展如火如荼之时，朝廷下令，禁止魏三在京城表演。魏三不得不离开北京，南下扬州。此时他已经40岁，但每每在游船上演出，"妓舸尽出，画桨相击，湖水乱香"，而魏三举止自若，意态苍凉。魏三于江南一带的影响有多大,时有诗云:"谁家花月,不歌柳七之词;到处笙箫,尽唱魏三之句。"

"花雅之争"对王天民来说,已是相当久远的事情了,同为秦腔男旦,他比魏三幸福了许多。他还不到20岁,已有了一批追随者,同行之间的交流融合令他获益匪浅,他不敢说能像魏长生那样,成为戏曲界的领军人物,但他很想做一点实实在在的事,让秦腔的影响力大些,再大一些。

1932年12月8日,易俗社在北平哈尔飞大剧院首演,由王天民、王文华、耿善民等主演《美人换马》。据《易俗社编年记事》载,"票价二、三、四、六角,包厢一元五、二元二、三元。观众十分拥挤,售四百余元。"之后一连多日,王天民皆有上乘表演,报章认为易俗社"先声夺人,观者云集……若王天民者,谓之长安城中梅兰芳,较为得当。"天津《大公报》刊登《易俗社的主角》相呼应:"王天民的细腻表演,不独拉住了不少戏迷,而且把许多和戏剧素无缘分的人也都吸引住了。一般人都众口同声地赠他一个'陕西梅兰芳'的徽号。"

北平国剧学会理事齐如山代表梅兰芳等邀请剧界人士,在会馆招待、欢迎易俗社全体演职人员。齐如山致辞:"秦腔在国剧史上颇有其历史之价值,动作规矩,严谨、合理,与昆黄固无大轩轾也。平中秦腔,衰微已久,此次能使在平人士得睹真正秦腔,实大幸事。"

尚小云为他化妆

北京人说王天民"眉眼之间,酷似梅郎",甚至有剧评人在《全民报》公开表达,如果王天民久居北平,改唱皮黄,恐怕梅(兰芳)程(砚秋)荀(慧生)当退避三舍。可见当年王天民在北平的影响之大。

易俗社成立50周年的时候,京剧"四大名旦"之一尚小云撰写文章,回忆他和王天民的交往。"我那时33岁,王天民大约才'年方二九'吧。秦腔自远方来,北京梨园行'不亦乐乎',我差不多每天都到后台,给演员们化妆，然后到前台看戏。当时王天民主演的《洞房》《少华山》《美人换马》等，我都非常爱看。尤其《美人换马》有一场搜府，情节紧张，给我印象最深，后来我自编自演的《墨黛》，其中有一场搜府戏，就是从《美人换马》移植过来的。多年来，每当我演《墨黛》，都会想起易俗社，想起王天民。"

王天民演《三知己》那一场，尚小云亲自为他化妆，借鉴了京剧的手法，果然增色不少。台下第一次看戏的观众还以为台上唱戏的是位坤伶。易俗社在北平排演《颐和园》，王天民饰赛金花，但没有找到合适的洋装。正好尚小云的《摩登伽女》刚排出来，里面的服装很适合赛金花这个角色。《颐和园》演出当晚，尚小云带了全副头套衣物，早早来到后台帮王天民扮戏。那晚赛金花本人也来看戏了，对王天民的表演非常赞赏，说："你这么漂亮，把我演得那么好，我可没这么好啊。"北京评论界对《颐和园》尤为赞赏："王天民之演彩云（作者注：赛金花初名），腔调新颖，发声柔和，做工细腻，表情入微。尤以后部，赛金花要求瓦德西签字一幕，其中一种娇嗔之神情，更为难能可贵。"

从北平回来后，王天民与这些京剧名家有一段时间的书信往来。在王天民之女王淑珍的记忆里，见过尚小云寄给父亲的资料，以及梅兰芳的戏装照《黛玉葬花》，背面写着：天民兄惠存。可惜这些都没有保存下来。

作为北平国剧学会理事，齐如山给了王天民很多切实的帮助，请专家为王天民放大了一张剧照，还

王天民《西施浣纱》戏装照

王天民饰演妲己

染成了彩色的，这在当时难得一见。为使王天民在表演上更加细腻，还赠给他数十张旦角手势的照片及自己所著的两本书，《梅兰芳艺术之一斑》和《戏班》。他对王天民的表演这样评价："王生天民，天生丽质，声韵尤佳，身段亦自然美观。余常说演剧之材，须有六点：一须面貌好，二须能表情，三须嗓音好，四须擅唱，五须身材好，六须动作美。有此六点，方能成一名角，王生可谓十得八九矣！"

一出二帘子，我就把自己忘了

常与王天民配戏的丑角演员汤涤俗，人称"冷丑"，在场上常有即兴之作，冷不防一句话，或一个怪表情怪动作，令观众哄堂大笑，而同台演员也忍不住"笑场"。就有演员在上场前给汤涤俗作揖："汤哥，今天可千万别给咱出洋相。"只有王天民，从来没给他回过话。

一次演《柜中缘》，汤涤俗饰演的淘气进门后，疑神疑鬼，半是自语，半是提问："这娃咋转颜失色的！"王天民饰许翠莲，分明已愣愣怔怔，神不守舍，却仍要掩饰辩解："谁转颜失色的？"兄妹面面相觑，不管汤涤俗怎样"耍宝"，王天民就是不为所动。最后一幕，王天民上轿时，半是撒娇半是羞涩地问："偃（这）轿倒咋坐吗？"汤涤俗冷不丁插一句："其实还是自己走呢！"这本是一句大实话，用于此处，机智神妙，谐趣横生。演完有人问王天民："我们都笑得不行了，你咋撑得住的？"王天民说："我出了二帘子门，就是许翠莲。许翠莲柜里藏了人，虽然是做善事，但男女授受不亲，本来心虚，猛然见哥哥回来，更是心惊胆战。此时就算哥哥再作怪，我怎能发笑呢。"

盛夏时演出很辛苦，一场下来人就浑身湿透了，往往一进后台就不停地扇扇子，有的解衣，有的摘帽。而王天民脸上竟没有汗，脂粉如常，坐在椅子上闭目养神，或者默词。别人问他，他说心静自然就不出汗。王天民的女儿王淑珍回忆："父亲几十年如一日，每次演出都是第一个到后台准

王天民《得意郎君》剧照

备,晚八点开戏,他下午三点就化妆,化好妆后静坐着,从不和人闲谈。有一次出外演出,临行前他在房内撑好蚊帐,点燃蚊香,便去化妆了。当父亲演出回来,才发现蚊帐、衣物全被火烧了。"

1937年,易俗社第二次赴北平演出,有记者采访王天民,问他演戏的心得,王天民说:"我出了二帘子,就忘记自己是王天民了。"记者以此句话为核心做文章,称道其"忘我"的精神。

一夜过了"倒仓"关

只要站在台上,王天民就是剧中人,从没有因为自己的原因让戏"塌火"。只有一次,他不得不中途退场。

与所有男旦演员一样,王天民也经历过变声期,行话叫"倒仓"。这是关系到一个演员艺术生命的大事,一旦"倒仓"过不了关,便会退出舞台,有的转为幕后,有的销声匿迹。王天民成名早,得益于嗓音清亮甜美,当时就有人担心他能不能过得了"倒仓"关。

那天晚上演的是《美人换马》,王天民饰演沈云波。戏刚开场,他感到嗓子有些不舒服,但没有在意,不料唱着唱着突然哑了,戏演到一半,竟然完全出不了声。王天民意识到,"倒仓关"来了。戏被迫中断,临时让刘迪民顶了上去。大家都替王天民捏了一把汗,尤其戏迷,担心从此失去他们的"天香院主"。而王天民倒是很平静,他脱了戏装,抹去油彩,一声不响地离开剧场。回到家就睡觉,第二天起来,嗓子没有任何异样的感觉,一切如初。

大家都说,这是一个奇迹。但熟悉王天民的人知道,他生活规律,没有任何不良嗜好,对嗓子保护极为看重。正是他的自律,让他顺利度过"倒仓"关。一个好演员,会为自己负责,更会为观众负责。

20世纪30年代,名伶身边聚集着一大批仰慕者和追随者,如:捧正俗社李正敏的叫"敏社"、捧易俗社王天民的叫"迷王义勇队",都是民间组

王天民《得意郎君》扮相俊美

织，类似于现在的粉丝团。这样的演员，观众怎能不爱呢！当时流传着一句歇后语：王天民唱戏哩——没拿啥。意思是说王天民唱戏很轻松，毫不费力。那时的易俗社剧场没有什么扩音设备，也不打字幕，只要王天民唱戏，楼上楼下千余名观众听得清清楚楚。

他不光擅演旦角，客串起其他行当也丝毫不输。当年演《金川门》之奇女徐妙锦，有一场装疯戏，他身着男装，大唱京剧老生，临时出一京胡琴师伴奏，声洪味永，足以乱真。易俗社年终演"反串"戏，王天民客串《蝴蝶杯》的卢林及《柜中缘》的淘气，一为花脸，一为丑角，与平时形象反差极大，亦是有模有样。

另一次据说在大街上，遇学生街头宣传演出，见有拉京胡者，王天民技痒，主动上前要唱一段，却是老生。唱毕，众人欢呼，他低着头默然而去，经旁观者指认，方知是大名鼎鼎的王天民，一时传为佳话。

台上台下两个人

在舞台上风情万种的王天民，生活中却是个"笨拙"的人。他的后人、学生，曾经的师友都证实了这一点。甚至有人说他"好像傻乎乎的，笨嘴拙舌，前言不搭后语，还胆小得厉害。"

1932年冬在北平演出，王天民19岁，正是风华正茂的年纪。但他见到生人就脸红，手足无措，一点也不像"翩翩少年郎"。当时天津《大公报》报道，"他一看见记者，面部及动作上，总显出一种不好意思的状态。身上穿着一件黑色绒领制服，戴着一顶土耳其样式的黑皮帽，围着一条围巾，两只手插在口袋里，帽子总不肯脱掉。记者对他发问的时候，立刻就站起来回答，但总是迟疑，说话的时候，时常用一个手指头划地，好像他正在戏台上表演似的，说完了头便低下去。"很多人感到惊讶，不知为什么，王天民一上戏台，简直像换了一个人，一哭一笑，都让人为之着迷、沉醉。

他对生活的要求很低，每日两餐，上午是稀饭馒头咸菜，下午是油泼

《精忠报国》王天民饰李夫人

秦腔名角（左起第一排：杨令俗、王天民、宋上华；第二排：苏玉琴、苏蕊娥；第三排：王蔼民）

面，偶尔会带全家吃一顿羊肉泡。他对母亲极其孝顺，每次离家去剧社或演完戏回到家，都要先向母亲问安，每月薪金也悉数交其保管。母亲患病期间，他侍奉于侧，擦屎倒尿洗裤子，从不厌烦。

　　青少年时，他总穿着一身黑布制服，头戴学生帽，中华人民共和国成立后仍旧如此。以他的成就，在易俗社算得上德高望重，别人赞美他，他反倒像受了批评，面红耳赤地说："没啥，红花还要绿叶配么。"他心地纯良，别人挤兑他，旁观者愤愤不平，他竟浑然不觉，相反却显出几分稚气，有时以大师哥的身份与入科不久的小师弟们逮瞎门儿、捉迷藏，有时开玩

《复汉图》王天民饰演阴丽华

笑吃了亏还哭鼻子。

舞台上，王天民艺高人胆大，从不怯场，但下了舞台却异常胆小，行为谨慎，常常夜戏散场回家，不是带师弟做伴儿，便是请有武功的师哥做"保镖"。范紫东先生1946年写《京兆画眉》，说："天民胆小，适合演京兆夫人。"那时他早已是蜚声剧坛的大演员了，更是30出头的精壮小伙子。王天民的胆小从何而来呢？多年以后，他对学生全巧民透露，他并不是天生这样的，1937年易俗社第二次赴北平演出，7月7日晚，"卢沟桥事变"爆发，当时易俗社全体员生正在戏校观摩演出，一时间炮声四起，气氛恐怖，王天民被惊到了。他对全巧民说："人有三魂七魄，老师少了一魄。"半是戏言半是真。

学生们的"王大大"

年过八旬的秦腔表演艺术家全巧民，每每想起王天民教她唱《洞房》的情景，眼眶就湿了。

"我13岁开始学这出戏，学到15岁，王老师整整教了我三年。那时年龄小，不知用功，一学就想睡觉，王老师脾气好，从不发火，但他也着急。怎么办呢？出去买一些糖果装在口袋里，我们这些娃娃不听话了，他就掏出糖，说：'我娃吃，吃了好好练'。就这样哄着我们学。"全巧民说，她那时并不喜欢《洞房》，不理解什么风花雪月，只是学些皮毛，后来年龄渐渐增长，才觉出了王氏表演的精妙所在，"他就躺在那里，不说话，观众掌声就响起来了。他的哭和笑是一绝，瘪嘴哭，抿嘴笑，这是他教我的，听着简单，却不是一朝一夕能体会的，学得不好，会流于俗气。"

和全巧民同为易俗社"49级"学生的张咏华，形容王天民"谦谦君子温润如玉"，"他是我们的开蒙老师，教学生和他演出完全一样，每个细节都认真示范，毫无保留。"经他排的戏有《柜中缘》《洞房》《闺情》《少华山烤火》等，当时他的身体已经出现问题，但还是每天来社里，坚持授课。

易俗大先生

王天民（中）与全巧民（左）、张咏华合影

冬天小学生赖床，他挨门呼唤，直到学生起床练功。

张咏华讲了一个小故事："王老师给我们班几个小师妹排《闺情》，十几岁的孩子玩性未改，嘻嘻哈哈，坑得老师没办法，只好说，你们只要好好排戏，我就给你们买花生豆吃。大家一听高兴坏了，马上进入状态，刚一排完，几个人就拉住王老师的左右膀子，要他买花生豆，王老师只得掏钱买。这么一来，可惯坏了这几个调皮鬼，再次排戏，还要王老师买花生豆，老实巴交的王老师无奈只能给学生'行贿'了，现在想起来可真是不成体统啊。"

王天民参加了"49级"和"59级"两期学生的培训，社里老少都很亲近他，年长者叫他的乳名"天贵"，年纪相仿的称他"王老师"，学生叫他"王大大"，小孩子叫他"王爷"。20世纪50年代中期，易俗社去三原演出，招来几个"插班生"，有吴西民、刘爱玲、屈玉芳等，对于这样没有一点基础的"白胎子"，谁都知道费事难教，但王天民还是接了手，一出《复汉图》的《闺情》，连续排了三组，分甲乙丙角轮流演，排演中娃娃困了、累了，他买些酸枣儿，安抚娃娃们。20世纪60年代初我国遭受自然灾害，他看到有的学生练基本功体力消耗过大，便把自己的粮票和钱省下来，悄悄给学生。花脸演员孙省国幼年时衣不蔽体，王天民见孩子大冬天的流浪街头，便把身上棉衣脱下来给孙省国穿，又帮他进社学艺。

因为身体原因，1949年后王天民就很少演戏了，一心一意想把自己的代表剧目传给学生。1960年，西安市委、市政府成立西安市秦腔剧院，将易俗社、三意社、尚友社三团统一管理，并成立演员训练班，有意请王天民担任院长，据说他为此烦恼了好几天，他知道自己要么唱戏，要么教学生唱戏，是当不了官的，所以一再拒绝。直到组织上有了新的任命，他才安下了心。

最后一次登台

1962年8月，易俗社举行建社50周年纪念活动，应广大戏迷要求，王天民再次登台，与老搭档康顿易合演《洞房》。这出戏他不知演过多少遍，从青涩少年郎到如今半百之年，几乎贯穿了他在易俗社的整个演出生涯。《洞房》是压轴戏，下午一点左右才登场，早上九点，王天民就坐在了化妆间。他像往常一样默词，酝酿情绪，一切都那么熟悉，好像他从未离开过。

事实上，他已经很久没演戏了。他患有高血压，伴有严重的并发症，以至行走困难。10年前，也就是1952年，北京举行第一届全国戏曲会演，他本有机会登台的，但临到跟前身体不适，最终未能参加。但大会还是给他颁发了奖状，褒奖他对秦腔艺术的贡献。1961年11月，王天民病情加重，半身不遂,经组织安排去北京协和医院治疗,半年后基本痊愈,回到西安。一回来就接到易俗社50年社庆的任务,王天民很激动,对他来说,能在舞台上演戏是最大的慰藉。他大病初愈,且身体有些发福,同台的演员劝他注意将息,他笑一笑,点点头,表示接受大家的好意。当大幕拉开,犹如时间倒流,王天民浅吟低唱,顾盼生辉,还是那个初入洞房的卢凤英。观众沸腾了。

这是王天民最后一次登上舞台。1965年,传统剧目遭禁演,要求戏箱全部封存。王天民与一批老艺人、老编剧,被以不能适应现代戏为由,被

王天民(右一)与亲属合影

迫办理退休手续。1956年易俗社评工资时，经社长杨公愚坚持，王天民定为"文艺六级"，月工资178元，但办退休手续时，仅给50%，退休费降至89元。王天民为人宽厚，遇事不争，对这种莫名其妙的不公正待遇，也只是缄默隐忍罢了。

退休后的王天民身体迅速委顿下来。不久，"文化大革命"开始了，易俗社被认为是资产阶级改良主义的产物，是封建时期和旧社会的"残渣"，数十名老艺人被诬陷为"国民党骨干分子""黑线人物"，王天民亦在其中。他一生为人谨慎，连一句重话都没说过。曾有一次看到一个学生不好好练功，就用手掌在学生头上轻轻按了一下，说："老师在你头上来个牛跟头。"虽是一句戏言，但过后他很不平静，第二天在练功场还特意向这个学生道歉。

这些莫须有的罪名，让王天民有了思想负担，病情也随之加剧，后来连腰都直不起来了，手里提个菜篮子几乎触地。丑角演员雷震中有意逗趣儿："天贵哥，就你这样子还能'洞房里偷眼看奴的新郎'吗！"王天民只有苦笑而已。

抱憾离世

外公去世那一年，杨虎10岁。院子里的老人们说："虎把福丢了。"

王天民就是杨虎的"福"。杨虎12岁始习司鼓，这个行当的重要性如同乐队指挥，场上演出节奏全靠鼓师把握。让杨虎遗憾的是，外公没能看到他的表演。儿时记忆里，只要他开口要的，外公从没让他失望过，当然，孩子的愿望无非是吃的，玩的，杨虎说："我爷脾气太好了，从来不跟人计较，他在家很少说话，他有一个半导体，每天最惬意的时刻是坐在院里的躺椅上，听听音乐，尤其是钢琴曲，有时也喝点小酒。"

说起喝酒的事，杨虎笑了。"我爷一喝酒就问我脸红了没，我说有点红了，我爷说，那不敢喝了。他是一个很能克制的人。"

1972年秋的一天，杨虎下午放学回家，进屋就喊"爷"，这是他的习惯，但没人答应。奶奶说："你爷去厕所了，你去看一下。"杨虎跑到后院，一进厕所，就看见爷爷蹲不住了，身子前倾要栽倒的样子。杨虎赶紧叫奶奶过来，一老一小搀着王天民出来，杨虎搬了张小板凳，扶爷爷坐下。家里人联系了西安市第一人民医院，当即送王天民入院，刚到医院门口，过来一个哑人，背起王天民一直到病房。后来据杨虎的母亲回忆，几年前她和父亲上街，一个哑人向父亲比画手势，意思是自己没吃饭肚子饿。父亲便将身上唯一的三块钱给了哑人。那哑人心怀感激，才有了医院门口的一幕。

1972年10月8日，王天民突发脑出血病逝。临危时护士给他打退烧针，他还挣扎着说："对不起，麻烦你了。"

他一生怕麻烦别人，而别人对他有一点点帮助，他都会铭记在心。易俗社庆祝成立50周年，他写过一篇文章《感激和希望》。文章中说："在旧社会，我凭着演戏，给观众留下了一点印象，自己对于演戏也摸索到了一点心得，观众称赞我，鼓励我，这一切都是和易俗社和戏剧界前辈对我的爱护、帮助分不开的。我初进社，呼延鑫老师指点我练功，党甘亭老师教我学旦角基本动作，陈雨农老师更是全面地指导我的艺术活动……新中国成立后，我曾三次进北京，1950年我和马健翎同志出席全国戏曲工作会议的时候，程砚秋先生领我去会场，梅兰芳先生亲自在门口接待……现在我唯一希望的就是身体早日恢复健康，再上舞台……"

王天民去世后，易俗社迫于当时的形势，不便开追悼会，在排练场变相地开了一场小型"座谈会"，以志哀思。一代名伶就此草草而终。

在那个年代，王天民留下的演出资料少之又少，这是最令其后人遗憾的事。相较于京剧各门派传承脉络清晰，秦腔在传承方面就落后了许多，京剧有梅派、荀派、尚派、程派，代代相接，传承有序，而秦腔男旦艺术几乎无以为继，王天民的"王派"便是这样一种尴尬的处境。究其原因，杨虎说："秦腔艺人最大的受限是文化水平较低，传承首先要继承，现在秦腔的行当不全，程式、唱腔不规范，甚至有的演员将须生、花脸的音唱到旦角里去了，而京剧就不存在这个问题，因为人家的传承脉络很清晰，也有理论支撑。我爷的戏,学的比较规范的是肖若兰、全巧民,但剧目实在有限,丁小玲(作者注:杨虎妻子,秦腔演员)跟全巧民老师学《柜中缘》,也是我爷的路子。以后呢?真不好说了……"

王氏三代均有人入戏曲行,可称得上梨园世家。王天民长女王淑珍曾任易俗社"59级"学生的文化教员,次子王福宏在三意社唱生角,杨虎的父亲杨天易是著名须生演员。虽然现在秦腔式微,但在王氏家族,却是代代延续。他们相信:不管时代怎么变,总有人会听秦腔。

(本章图片由王淑珍女士、封玉书先生提供)

谁能思不歌

——"49级"往事

2019年9月28日，位于西安市西一路282号的易俗社迎来了一群老人，他们平均年龄80岁以上，他们有一个共同的称谓——易俗社第十四期演员训练班学员，俗称"49级"。2019年是"49级"从艺70周年，学生们回娘家了。

同学相见，百感交集。2009年曾举行"49级"从艺60周年联谊会，来了20多人，这10年间，走了11位同学。活动召集人孙莉群说："我和巧民商量，还要不要办？确实心有余而力不足，怕同学们凑不起来，后来我俩商量了个原则，7人以下就不办了，今天来了10多位，见到大家特别激动。"

易俗社第十四期演员训练班，1949年入学，1955年毕业，俗称"49级"

这的确是一场特殊的联谊会。70多年前，他们是十一二岁的孩子，因为各种原因报考易俗社，爱唱戏是一方面，也许更多的是想学一门谋生的技艺，可以有饭吃，有衣穿。他们一起练功、排戏，一起吃饭、睡觉，他们在练功场忍受身体的疼，也在舞台上接受观众的喝彩。从1949年入社到1955年毕业，朝夕相处六年之久，这样的同学情谊是难以用语言表达的。活动当天，全巧民来晚了，她是拖着病体赶来的。还未说话，先落了泪，"昨天我还在医院，但我想，今天一定要来见大家。我今年82了，以后还不知有没有机会再见……我永远感恩易俗，感恩老师，感恩同学。"

100多年前，易俗社创始人李桐轩在《甄别旧戏草》开篇写道："谁能思不歌？谁能饥不食？"这是引用《乐府·子夜歌》中的两句，以此说明戏曲的普世价值。原诗还有两句："日冥当户倚，惆怅底不

扫码听戏

忆。"日暮时分倚门西望，总有无限惆怅。正如走向人生暮年的这些老艺术家，回忆前尘往事，百般滋味在心头。

据记载，1949年9月，易俗社面向社会公开招收男女新生，打破过去不收女演员的惯例，报考者上百，录取44人。10月10日举行开学典礼，一年后首次对外公演。1955年1月18日举行毕业典礼，从此"49级"分散各地，为秦腔艺术的振兴不懈耕耘着。在戏迷心中，"49级"群体是一个传奇的存在，涌现了一大批优秀演员，小生陈妙华、王芷华；旦角全巧民、张咏华、孙莉群、李箴民；须生王保易、惠焜华、郭葆华；武生刘果易、薛庆华；丑角辛恒民、任慧中，等等。他们代表着20世纪50到80年代秦腔艺术的繁荣，他们是功不可没的一代。

联谊会上，学生代表黄熙民作诗一首，向"49级"共同的70年致敬：

承前启后非等闲，易俗史册添新篇。

有幸同岁共和国，不忘一九四九年。

感恩先贤诲不倦，师生携手共奋勉。

百花盛开飞蒲英，各领风骚数十年。

少年同窗趣事远，耄耋相逢两鬓斑。

蓦然回首望丰碑，百年沧桑亦巍然。

（特别说明：易俗社"49级"从艺70周年联谊会召开的两周后，2019年10月11日晚10时8分，全巧民先生在西安逝世，享年82岁。）

※※※　※※※

政府接办，易俗社获新生

1949年5月20日，西安解放。此时的易俗社历经磨难，几乎到了崩溃的边缘。演职人员平均月工资仅14.5元，还不能按时发给，后来改为实物工资，演员王天民最高，也只有面粉144斤，大部分职员不过数十斤。灶上每人每顿供应 5 个小馍，菜时有时无，一些小贩在易俗社的地皮上摆摊，能收一点租金，遇到阴雨天，便无钱可收。到了冬天，后台不生火，不供应开水，只在下雪时给 1 斤木炭。很多演员无法生活，便兼营一点小生意，演戏成了副业。

这只是生活的困境，更严峻的是，一些演职人员染上了恶习。据易俗社内部资料显示，当时吸食毒品的占 60%，其中有严重毒瘾的 46 人，轻微的 90 余人；赌博人数占 80% 以上。另外，还有人酗酒、嫖妓，加上贫病交加者，无法统计，一些人甚至断送了性命。

1949 年 10 月，西北戏曲改进委员会派杨公愚到易俗社协助工作，增补西安市人民政府副市长张锋伯、西北军政委员会文化部副部长马健翎、西北文联副主席张季纯等为社员。12 月举行社员常年大会，选举杨公愚为社长，高培支为副社长。1950 年上半年，开始为有毒瘾的演职人员戒毒，个别严重的送到戒毒所集中治疗。建立生活、学习、演出制度，改变了以往白天不到社，有戏后台见的散漫现象。12 月，中共西安市委书记赵伯平写了"关于易俗社今后改进工作的建议"。建议分三点：一、注意改造旧剧和编写新剧；二、加强教育，实行民主管理；三、整顿资财，在可能范围内设法逐步提高人员生活。

1951 年 5 月，易俗社向西安市人民政府申请接管。当时易俗社的财产状况是：共有地皮 41.7 亩，自住房 140 间，出租房 65 间，商场房子 380 间，电影院一座，平安电影院股份 106 股。人员状况：现有职员 25 人，教练 8 人，演员 50 人，乐队 18 人，舞台人员 14 人，勤杂工 16 人，小学生 50 人，共 181 人。报告还提出了目前面临的困难：演员阵容不强，培养学生师资不足，水平不高；房屋、设备急需修理，戏箱陈旧，不敷需用；房租收不上，地皮税完不成，没有收益，反成负担。

7 月，遵照中央人民政府政务院《关于戏曲改革工作的指示》，中共西安市委做了批复，同意将易俗社改为公营，作为示范性的剧社，有计划，有步骤地推进秦腔改进工作。

1951 年 7 月 13 日，易俗社举行庆祝政府接办大会。接办后，建立新的机构，设立社务委员会，实行社长负责制。下设秘书室、戏剧音乐科、演出科、组教科、总务科、演员科、编剧组、新生部等部门，分管本职业务。11月，西安市人民政府拨款5亿元（作者注：旧币，折合1955年发行的第二套人民币5万元），为易俗社购置戏箱，社里派冯杰三等人赴北京、上海、苏州等地采购。

首次招收女演员

旧时的戏曲行当，是不允许男女同台演出的，甚至看戏都只能是男人的特权。几千年的封建思想根深蒂固，手艺传男不传女，女子抛头露面被认为有伤风化。所以，易俗社从民元建立到中华人民共和国成立前，从没有收过女演员。1949年，这个旧例被打破了。

当时的剧场主任冯杰三，建议招收男女新生，此提议非同小可。冯先生是陕西长安人，中华人民共和国成立后在易俗社供职，担任过训育主任、剧场主任，他不但是优秀的剧作家，在戏曲服装设计方面也造诣很深。当时苏、沪、杭的剧装厂将他设计的式样留作范本，广泛推广，惠及越剧、黄梅戏等全国多个剧种。

是什么让冯杰三不顾世俗，大胆直言？据他的外孙杨锋说，冯先生早年毕业于陕西省第一师范学校，男女平等、社会公平等进步思想对其世界观的形成有很大影响。"我母亲回忆，她出生时，家人给她取名，爷说，就叫'女雄'吧。如此张扬的名字一时让家里人不好接受，待母亲七八岁，到了上学年龄，我爷就把她送到村上的学校念书，在20世纪30年代的北方农村，女娃念书凤毛麟角，是常人眼里不寻常的举动。母亲说，她是当时学校唯一的女学生。"正是具有这样开明的思想观念，冯杰三才会提出招收女学生的建议。从此，女演员登上秦腔舞台，丰富了演唱技巧，扩大了演出阵容，真正撑起了易俗社的半边天。

9月，易俗社成立招生筹备委员会，成员有高培支、李约祉、冯杰三、

1949年，易俗社第十四期部分新生入学合影

左起：王芷华、张咏华、全巧民

孟天行、老艺人刘建中、杨令俗等，负责接待、考核、评审、议定等工作。据"49级"多名学生回忆，最多的时候招了100人，后来逐渐淘汰到60人，到10月的开学典礼，固定为44人，对外称"新生部"。

新生部的第一件事是"授名归组"，由高培支社长为新生起名，延续过去的方式，最后一个字取"中、华、民、国、易、俗"六字中的任意一字，如张咏华原名张咏娥，取"华"字，张宁中原名张宁祺，取"中"字。不过这期学生过后，就不再为新生改名了。领了新名字后，学生按生、旦、净、丑行当归组，在考试时，考官已根据学员自身条件分配好了行当。新生的待遇是供给制，一年制服两套，衬衣两套，鞋袜各四双，牙刷牙膏四套；伙食费每月12元，每天早上发一个鸡蛋；每月洗澡一次，每周看电影一场，不定时安排游园。这样的待遇水平，对一个孩子来说，简直像做梦一样。张咏华还记得当初的兴奋:"我们这班同学大部分来自穷苦家庭,自从进入易俗社,衣食无忧,又享受如此待遇,真是做梦也想不到,像掉进'福窝'里了!"

孙莉群回忆,毕业后易俗社定工资,她是58元,"1956年那会儿,58元是相当可观的,我每月给母亲53元,我只留5块,母亲高兴得很,说我娃出息了,能养家了。"

"49级"入学后不久,易俗社又吸收了在当时已有一定声誉的秦腔女演员孟遏云、肖若兰、宁秀云、赵桂兰等,她们的加入打破了易俗社从不吸纳外来演员的传统,完成了演员结构的更新调整,易俗社的春天就要来了。

"给娃领个馍"

对"49级"的老艺术家来说,考入易俗社是他们人生的转折点。70年前考场上的一幕幕画面和细节,随着岁月的流逝反而更加清晰。老人家记忆的盒子一旦打开,便一发不可收拾。

张咏华说,那是她第一次走进易俗社的大门,院里栽了各种花草树木,她记得有无花果、夹竹桃、海棠,像个小花园。主考场设在评议室,考生都在院子里等着,她的心怦怦地跳个不停。突然听到有人叫:"张咏娥(作者注:张咏华原名),进来!"

考官一字排开,坐在桌后。几位先生是:高培支、李约祉、冯杰三、封至模、孟天行、米钟华、王蔼民、杨令俗、刘建中。冯杰三问:"娃,你唱啥?"张咏华说:"断桥。"在外面她还有些害怕,进来反而不怕了。唱了四句,先生问:"还有吗?"张咏华说:"没了。"冯杰三走到跟前,将张咏华的头发向上拢了拢,双手在两鬓将眉一提,又拍拍她的肩膀,检查了胳膊、腿部的骨骼,笑着说:"这娃还长了个美人肩。"又说,"看来娃没吃过饱饭,人瘦个子小,还没长开呢。"冯杰三让她回去准备长唱段,再复考一次。

张咏华回去学唱了一段《三回头》。复试时她坦然多了，唱罢，考官们都说，好着呢。冯先生对新生部主任孟天行说："收上，登记张咏娥入册。"又对小姑娘说："娃呀，去领个馍。"

张咏华就这样成为易俗社第十四期学生。"当时我9岁，怕人家嫌我年龄小，就多报了一岁，这才蒙混过关。"张咏华笑着说："此事我多年不敢坦白，等后来取得了一些成绩才交代的。"

相比张咏华，任慧中进社比较简单。小时候父母经常带他到易俗社看戏，时间长了就认识了一些老演员，"像王天民、王秉中这些艺术家都认识我母亲，易俗社招生，在当时的评议室，我见到了高社长、孟天行、谢迈千等老师。孟主任让人引了一句'狂风吹动了长江浪'，这是《黄鹤楼》周瑜的唱段，我一听会唱，就顺着他那个调唱上去了。"任慧中说，他刚唱完，就听见孟主任给旁边的工作人员交代，给厨房说一下，给娃领个馍。

"'领个馍'这三个字很重要，说明考试及格了，可以留下。当时是领了五个馍，三个苞谷面馍，两个白馍。"任慧中至今都记得。

全巧民入社是车裕民先生作的保。"我小时候淘气得很，不爱上学，成绩也不好，老师就给我妈建议，让我去考艺术团体。车先生引荐我去易俗社，没想到去的当天就被录取了。"全巧民觉得，她和易俗社冥冥中有一种缘分。当时她一心想去西北文艺工作团（作者注：陕西省歌舞剧院前身），可母亲觉得部队生活艰苦，不让她去。她就选择了易俗社。

全巧民说："提起车裕民先生，真挺神的。我和陈妙华、张咏华三人进易俗社都是车先生作保，毕业时我们仨也是49级的前三名，车先生可谓我们的伯乐。"

密集型练功，饱受"皮肉之苦"

新生部的训练是非常艰苦的，早6点起来练功，晚9点休息，中间没

教练指导新生部学员（左起：贺孝民、杨实易、高符中、刘棣华、陈妙华）

有午休，可谓全天候密集型。首先练的是腰、腿功，使肌肉群和筋络内部重新组合，达到柔软身体的目的，腰腿功不过关，其他无从谈起，而要快速练就，必然要受"皮肉之苦"。这个阶段最考验人，一些学员挺不住了，往往就在这时败下阵来。

全巧民最怕的是冬天练功。"地下全是冰碴子，拿大顶时，我双手怕冷，从前面慢慢倒下来，老师在我前面放了凳子，我又从两边倒下去，把别的同学都撞倒了。老师想尽一切办法让我练功，我想尽一切办法逃避，最后老师实在没办法，也不大管我了。"说起往事，全巧民露出标志性的"俏皮"笑容，"后来是一位生活女教员的话刺激了我，才让我有了改变。是一个冬天，我打了盆热水准备烫脚，女教员看见了说：'那水不是给你洗脚的，你把水用完了，演戏的同学回来用啥？'她走后，我的眼泪止不住地淌，心想不演戏用个热水都不气长啊。那一刻我下决心好好练功，现在想来还要

1955年,易俗社第十四期部分学员毕业合影

感谢她呢。"

全巧民说，当天晚上她就去练功了，又是蹬腿又是拿大顶。她心里憋了口气，练得太猛了，以致第二天腿疼膀子疼，起床都困难。

孙莉群是1952年底进易俗社的，那时她已在新民社待了一年多。"新民社也是早晨6点起床，先练基本功，然后练唱，但是不像易俗社那样正规，再一个老师的水准也跟不上。"孙莉群说，1952年政府派人到新民社指导工作，有位老师看了她的表演，说你这娃不应该在这个团。"我就问，那我去哪？老师说，到易俗社去。他就给我点到这里了。"

孙莉群到易俗社后，立刻感到了压力，"人家这批演员在社会上已经有名气了，当时《白蛇传》非常红火。为了赶上大家，我练功就比别人更努力，其他同学早上一趟功，下午走身架、打把子，晚上没戏的练功，有戏的演戏。基本每天就这三趟功，我因为刚来，戏也不多，没戏就练功。人家练三趟，我练五趟，那个时候我没想要演多少戏，就想着怎么能顺利毕业。"

武生演员薛庆华师承杨实易、李可易等先生。据他介绍，易俗社的把子功是唐虎臣先生传下来的。京剧基础把子有小五套，易俗社没有传承小五套。长枪有大快枪、小快枪两套，大刀上也有几套把子，棍也有程式套路。他说："那个时候我们一天要练好几趟功，走台步、拉架子。京剧叫拉架子，咱秦腔叫扎势子，什么上马式、坐马式、魁星提斗都练，一个式子一扎就是20分钟。"

薛庆华特别提到了练眼神，"那时专门盯着香头练，眼神功夫很重要，现在有的演员拉架子眼中没有神，僵得很。拉架子京剧和秦腔不同，京剧亮相讲究干净、脆，秦腔亮相蓄势多、气势大。"

第一次登台

"49级"能出来这么多优秀演员，很大程度上得益于一批名师。当时配备的教练水平过硬，行当齐整，有：刘毓中、王天民、李可易、田少易、鲁

易俗大先生

义民、杨实易、路习易、刘建中、杨令俗、宋上华、凌光民等，可谓名师云集。

从入学到第一次登台，三个月的时间，"49级"排练了10多个折子戏。为了使每个学生多学些剧目，每折戏都实行一角多人和一人数戏的方法。如《花亭相会》，张梅英一角有五六个女生学，高文举一角也有五六个男生学，这样就有了比较，看谁"小荷初露"。1949年底，社里决定举行一场演出，检验"49级"学员的阶段性强化学习成果，在众多节目中，抽出6个折子戏，带妆展演，但不售票，属于内部演出。

张咏华被选中演《花亭相会》的张梅英，她既兴奋又紧张。试装的时候，由于她个子小，裤子一提，到脖子上了，袄衫一穿如同旗袍。老师们都笑了，"让衣服把娃穿不见了，这还能唱戏，不行，得重想办法。"冯杰

孙莉群扮演石矶娘娘

张咏华《木兰从军》

三老师是设计戏装的高手，他叫来绣匠陈振汉师傅，取来印花布，设计样式、花边、配搭等，裁剪制作，很快戏装做好了。张咏华一穿，正合适，活脱脱一个小丫鬟。

初登舞台，效果尚可。张咏华说："虽是内部演出，但台下观众不少，有易俗社的教练、职员、学长，还有友好单位、家属代表等等，大家对我们这帮小孩子能在短时间内取得这样的成绩表示满意。我们出师了，有几位同学表现优异，还'内红'了呢。"

全巧民的开蒙戏是《藏舟》，那个时候花旦演员一般都拿《小姑贤》等戏开蒙，田少易先生给她选了《藏舟》，起点是很高的。全巧民回忆，第一次上台演《藏舟》，上场一个碰头彩，就吓得她把船板子扔到了台上，"田先生上来把我从舞台上领下去，给我说不要害怕，他又上场给观众解释：娃第一次上台，多谅解。后来田先生离开了易俗社，我永远记得他对我说的话：不要害怕。"

"武花脸"张宁中的第一出戏是《芦花荡》，他和任慧中一起演。"这是个动作戏，词不多，特别注重腿上功夫。老师扳腿拉筋的时候，多疼我都能忍受，这样就快一点。有时睡着觉还在那劈叉呢，醒来腿都麻得起不来了。"张宁中说，当时的训练办法是一边学，一边排，三个月就演出，"我觉得这种方式好，当时易俗社是两班同时演出，今儿演啥戏，先把小学生的戏放到前头演，权当暖场呢。"

孙莉群第一次登台的时候，还是在新民社。启蒙老师叫王辅振，是个男旦演员，在西关很有名，扮相也好。她的开蒙戏是《杨氏婢》，那时不像现在，排熟练了再上去演，只要师父教会就上了。孙莉群记得，那是1951年，她11岁。上台前师父说："我娃第一次演，胆子要大。"化妆时一群人围着她，把头一包，水纱、网子把耳朵一勒，她心里慌了，脑子一片空白，对王辅振说："老师，我啥都听不见了。"这时台上姑娘叫了一声：丫鬟走来。

孙莉群说："我发瓷不敢上，师父在后面说：上！推了我一把，我就出去了。上了台，害怕也顾不上了，就继续往下说词，最后戏还算顺当的演完了。有一个小插曲，那天我做栓门的动作时，把手绢掉台上了。我当时很矛盾，想这手绢拾不拾，我师父没给我教，算了，不拾，直接下去了。"

难忘恩师教诲

在采访中，这些老艺术家提得最多的就是当年老师的教诲。人称"衰派老生一绝"的刘毓中曾为学生总结了练功"四字诀"，即"会、熟、精、巧"。"会"是知道、记住；"熟"是随时能够应用，还要用得对；"精"不但要熟练，还要好看、美；"巧"是要把功练"化"了，因为演戏不是武术表演，而是要把动作和所扮演的角色合而为一，达到心理、情感的契合。这才算是练到家了。

学生们亲切地称刘毓中为"刘毓老"，他领导秦钟社、新声社时期，就培养了100多名学生，他在艺术上从不保守，总是倾力传授自己的拿手好戏。回到易俗社之后，担负训练和导演工作，同时兼顾重要演出，为"49级"排演了《游龟山》《廉颇蔺相如》《空城计》《卖画劈门》等剧目。1958年"三大秦班"进北京，刘毓中带着陈妙华、肖若兰、全巧民等学生拜访京剧大师，请教学习。据全巧民回忆，一次刘毓老领他们去了荀慧生家，荀先生很高兴，问全巧民唱过什么戏，正好全巧民学的第一个本戏就是冯杰三移植荀先生的《豆汁记》。荀先生叫她把出场走一遍。"我就规规矩矩地出场，整鬓，捋线尾，走到台口拿腔作调地道白：青春整二八，生长在贫家。唯恐荀先生说我不认真。我看到两位先生头凑近说了句什么，然后刘毓老就笑了，笑容有些不自然。我想完了。"

全巧民说，当时她心里很忐忑，似乎"不行"两个字已经写在刘毓老脸上了。"荀先生叫我停下，把我拉到他身边，说我很认真，动作也很规范，只是每个动作都在刻意表现你有多美，这就不好了，女孩子的可爱是天生的，是修来的，不是做作出来的。这个'修'字让我受益终身，也让我想到了刘毓老的'巧就是把功练化了'这句话。"

①
---
②

①封至模与全巧民、王芷华（左）

②冯杰三与学员（前排左起：张宁中、冯杰三、闵景华，后排左起：薛庆华、张咏华、刘果易）

全巧民的另一位恩师是贺孝民。贺先生给她排《绿绮记》时，一改过去手把手教的方式，不做示范，而是叫她收集资料，写人物传记，用的是启发式教学。有一幕戏，司马相如弹一曲《凤求凰》之后离去，卓文君此时应该怎么表演，贺先生一字不说，要全巧民自己想。全巧民想起排《白蛇传》时，白蛇抱着许仙的伞抚摸，便将这个表演移过来用，结果被贺先生否决了。一连几天，全巧民都在琢磨这个细节，"有一天排到这场戏时，我突然一阵莫名的冲动，水袖向上一扬，猛然往琴上一扑。贺先生激动地鼓起了掌，我的表演通过了。"后来，贺孝民专门给这个动作拍了剧照，全巧民一直珍藏着。

凌光民是易俗社第十二期学员，工旦角，中华人民共和国成立后回社担任教练。"49级"多位旦角演员都得到过他的教诲。他注重细节，强调慢功夫。比如女演员的手形，如果伸出去直戳，就不好看，必须将"自然手"变成"艺术手"，软而有曲线。为此，他教女学员在每天洗脸时，用热水将手指、手腕多泡一会儿，久而久之，手型就软了，也好看了。

凌光民先生是目前唯一在世的"49级"教练。2019年5月，张咏华带着自己的弟子去探望凌先生，在临潼一家养老院，我们见到了他。凌先生已过鲐背之年，除了耳背，视力不好，身体还算硬朗，很难想象，那么一个身材高大的人，竟是红极一时的旦角演员。见到曾经的学生，他非常惊喜，拉着张咏华坐到床边，而张老师也一秒变身小女孩，跟凌先生聊这聊那，甚是欢喜。激动处张咏华唱起了凌先生教她的"奴这里千万语新愁旧恨，未开言心已酸珠泪纷纷"，让人感慨良多。

谈起秦腔，老先生的眼睛明显亮了。他说："有人问我戏曲表演的要领是啥？我总结了16个字：提顶松肩，气沉丹田，腰脊旋转，双目注远。"易俗社青年演员卢利花是张咏华的弟子，她唱起《貂蝉》选段请凌先生指教。60多年前，正是凌先生为她的老师张咏华排演的这出《貂蝉》，此刻，三代演员诠释了什么是秦腔的传承。老先生握着卢利花的手，只说了两句话：一、基本功不敢荒废；二、演戏宁可不够，不要过。

①全巧民《绿绮记》剧照
②全巧民、毛文德《柜中缘》剧照

易俗大先生

《白蛇传》风靡古城

1953年,"49级"正式对外实习公演,第一个本戏是经典神话剧《白蛇传》。白娘子的故事在中国家喻户晓,各剧种有不同的版本,易俗社的版本是剧作家谢迈千改编,以上海越剧团袁雪芬版为蓝本。第一轮演出,陈妙华饰演许仙,张咏华和刘棣华饰演白蛇,李箴民、孙莉群饰演青蛇。演出盛况空前,连演40余场,创下当时易俗社连演场次最多的记录。

张咏华演前半部分,从游湖借伞起,到水漫金山止。排练刚开始,她就遇上了难题。第一场"游湖借伞",白娘子和许仙在船上不期而遇,心生

《白蛇传》剧照,张咏华(左)饰白蛇,李箴民饰青儿

爱慕，这原是生活中常见的场景，但当时的张咏华只有十二三岁，完全不懂男女情愫，该怎么表达呢？她尽量做戏，但情感老是游离于规定情境之外。这可急坏了导演凌光民。张咏华说："凌老师反复给我讲解和示范，说'一身之戏在于脸，一脸之戏在于眼'，尤其是文戏，生旦戏，要学会用眼睛做戏，眼能说话，眉目传神。他叫我不要害羞，大胆表演，这是我们的工作，我们的事业，不要将人物的情感和自己联系在一起。"经过一番开解，张咏华甩掉了思想包袱，拿下了第一场戏，接下来的"联姻""惊变""盗仙草"就顺利多了。有同学打趣说："看着这娃瓷瓷的，原来是个灵虫虫。"

孙莉群为演青蛇也下了狠功夫，"当时杨公愚社长把我关在房子里，里面有个穿衣镜，让我对着镜子练习。我从早练到晚，总算把前面的表演身段，后面的武戏全部拿下来了。演出后文艺界反响很好，外省的剧团也来观摩，开座谈会时，京剧表演艺术家叶盛兰说了一句话：这戏应该叫青蛇传。也算是对我的鼓励了。"

采访中，张咏华和孙莉群都提到了一场特殊的演出。某天下午，易俗社接到通知：《白蛇传》"游湖借伞"一场的演员，晚上在陕西人民剧院参加演出。"那一场的演员是陈妙华、孙莉群、辛恒民和我。"张咏华说："我们早早来到剧院，门口执勤的人增加了不少，闲杂人等不许入内，比以往多了一分肃穆，少了嬉笑。我们在后台化好妆、穿戴好，静静地候场，发现其他参演者都是大腕名流，只有我们是'学生演员'。大家都意识到，一定有重要的人物观看演出。演完后我们才知道是市委市政府组织的招待晚会，看戏的是中央首长。"

孙莉群回忆，演出结束后回到社里，她们兴奋得一直睡不着，"我和陈妙华、张咏华三个人在一个宿舍，躺床上叽叽咕咕说话，开心得不得了。生活老师说：'娃们，笑啥呢，赶紧睡。'我们还是睡不着，就趴在窗台看月亮，记忆中那晚的月光特别亮。"

其实演出也有遗憾，但毕竟是孩子，一高兴什么都忘了。张咏华说，那天有一幕戏是许仙把老船夫叫上来，船夫将把白蛇和青蛇扶上船去。"上船以后,我发现扮演老船夫的演员辛恒民忘戴胡子了,这可咋办?当然观众不一定知道,但我们演员都看见了呀!刚好社里的业务秘书在侧幕旁边站着,我同学辛恒民身子一拧,做了个手势,意思是赶快给我拿一支毛笔,就是画脸谱的那个彩笔沾些白颜色。辛恒民就在侧幕条那边转过身,画了几道胡子。这不能不说是一个遗憾。"

"三大秦班"进北京

1932年和1937年易俗社赴北平演出,曾引起巨大轰动。20多年后的1958年11月,易俗社第三次进京,这回是和陕西省戏曲剧院二团、眉碗团共同组成陕西省戏曲演出团,业界称"三大秦班"。而易俗社的主要演出阵容是"老带新",老演员有刘毓中、宋上华、樊新民、孟遏云、肖若兰、宁秀云等,新生力量以"49级"的陈妙华、全巧民为代表。

陕西演出团共198人,在京期间,演出了《三滴血》《赵氏孤儿》《游西湖》《夺锦楼》等剧。中央戏剧学院院长欧阳予倩亲自邀请易俗社为戏剧界专场演出。早在1921年,欧阳予倩率领南通伶工学社,与易俗社同在汉口演出,双方多有往来交流。阔别30多年,又在北京相逢了,欧阳予倩感慨万千。他特别撰文写道:

> 我经常去看戏,和他们的剧作者、演员聚谈过好几次。当时有名的旦角如刘箴俗、刘迪民,丑角马平民,都在青年时代先后去世了。须生刘毓中这回来了,我还能认识他,问过他才知道,剧作家范紫东先生已故,李约祉先生已经八十多岁,还健在,不禁兴起怀旧之感。但是他们所演的戏还历历在目,我曾经为之感动,并把他们编的《韩宝英》《软玉屏》改编为京剧,由我和周信芳、高百岁演出过……

梅兰芳评价易俗社的几位演员,"樊新民发挥了秦腔传统袍带丑的特点,

荀慧生(前中)与易俗社演员合影

排除了低级趣味的庸俗表演……肖若兰、陈妙华、雷震中等都演得好,青年演员全巧民的贾莲香是初见,她塑造的这个鲜明活泼的少女形象,给我留下了很深的印象","孟遏云是秦腔中的正工青衣,这次她在《火焰驹》中演李母,出色地创造了一位爱子心切的母亲形象,可以看出她把青衣和老旦的演技融合在一起了,是一个成功的创造。"

中国戏剧家协会主席田汉曾在1957年来易俗社视察访问,当听到杨公愚的介绍后,他激动地说:"我国有这样一个生存了半个世纪的剧团,中央还不知道,太不应该。现在世界上具有半个世纪历史的剧团只有三个:一个是法国芭蕾舞剧团,一个是莫斯科大剧院,还有一个就是易俗社了。"那时,临近易俗社成立50周年,田汉认为应该大张旗鼓地纪念一番。

北京演出间隙,举行了多场联欢活动:中国京剧院的联欢晚会、中国青年艺术剧院联欢会、中央戏剧学院联欢会,等等。在中国京剧院的联欢会上,马少波院长为"三大秦班"题诗一首:三大秦班进北京,盖过当年魏长生。谁说新人不如旧,老树树更老,红花花更红。他还把部分演员的名字制成灯谜,让大家猜,比如:我家池中无此鱼——马兰鱼;人人都是多面手——全巧民;仁贵封官——薛增禄。大家玩得很尽兴。

12月23日晚,首都文艺界知名人士应邀与演出团成员在中南海紫光阁联欢。舞会开场,由陕西演出团的乐队演奏了一首秦腔曲牌《开柜箱》,气氛热烈,别具一格。易俗社老艺人郝振易讲了一件有趣的事,"北京的冬天很冷,陕西演员大都穿着'棉窝窝',当时紫光阁的暖气特别足,跳了一会儿舞,脚上的臭气就发出来了,大家都很不好意思。第二年再上北京,衣服、鞋子全换了。"

1959年5月,文化部通知陕西省演出团以《游西湖》《三滴血》两剧作为参加中华人民共和国成立10周年献礼剧目。9月23日到10月21日,演出团在京献礼演出。之后抵达南京,开始了"三大秦班"下江南的首站演出,陕西地方剧种以空前的规模,陆续在无锡、苏州、上海、杭州、泉州、厦门、南昌、广州等地巡回演出,将古老的秦腔传播至大江南北。

秦腔电影《火焰驹》《三滴血》

在秦腔发展史上,有两部戏曲电影对秦腔艺术的传播和普及起到了推动作用,它们是《火焰驹》和《三滴血》。

《火焰驹》又名《卖水记》,秦腔传统剧目,作者为清代剧作家李十三。1958年,长春电影制片厂将其拍成电影,这是第一部秦腔彩色故事片,上映后引起轰动,扮演李彦贵的陈妙华和扮演黄桂英的肖玉玲成了家喻户晓的明星。故事讲述北宋时期,奸臣王强与朝臣李绶不和,诬告其长子李彦荣在边关叛国投敌,李绶入狱,家人被逐出汴梁。李绶次子李彦贵带着母亲、嫂嫂去苏州投奔岳父黄璋,不料黄璋见李家败落,决意撕毁婚约。黄璋之女桂英反对父亲所为,终日苦闷。一天丫鬟芸香发现李彦贵流落街头卖水,遂帮助桂英与彦贵相会,两人互表心意誓死不渝。

陕西参加《火焰驹》拍摄的演职人员共59人,其中易俗社53人。郝振易是剧组成员之一,他回忆说,当时在全省挑演员,导演组在西安和外县看了很多戏,确定了演员阵容,主演陈妙华和肖玉玲都是十七八岁的年纪,其中有一场卖水的戏,需要演员挑着担子。陈妙华从未碰过担子,为了表演的真实性,她每天用担子挑两桶水,在排练厅里一圈圈走。

《火焰驹》公映后反响很大,当初作为影片备选

电影《火焰驹》剧本

易俗大先生

电影《三滴血》剧照

的《三滴血》也很快提上拍摄日程。1959年11月,陕西省戏曲演出团赴上海演出,江南电影制片厂看了《三滴血》,对剧本和表演非常欣赏,有意将其拍成舞台戏曲片。电影人周伯勋是陕西籍,对此事极为热衷,多次找易俗社负责人商谈,希望促成与江南电影制片厂的合作,易俗社和演出团遂请示陕西省委,才知此前已与西安电影制片厂口头约定拍摄《三滴血》,江南电影制片厂只好遗憾地放弃了。

1960年6月,电影《三滴血》开拍。演员和舞台艺术人员全部由易俗社担纲,杨公愚任艺术指导,薛增禄任音乐指导,主要演员为:刘毓中饰演周仁瑞、樊新民饰演晋信书、孟遏云饰演王妈、肖若兰饰演李晚春、陈妙华饰演周天佑和李遇春、全巧民饰演贾莲香、雷震中饰演周仁祥、孙莉群饰演甄氏,集中了易俗社老中青三代优秀演员。

《三滴血》中有几场难度较大的戏,现在看来不算什么,但在当时的拍摄水平和条件下,确实颇费了一番心思,比如老虎扑人的镜头,陈妙华一人分饰两角的镜头。《虎口缘》一场,老虎的镜头是从苏联电影《驯虎女郎》中剪辑过来的,效果非常逼真。电影中陈妙华扮演双胞胎,当时是怎么拍的?据全巧民先生生前讲,拍两人正面戏时,把一折戏当两次来拍,在中间拉一根线,把左右两边隔离开来,拍左边时把右边的戏遮住,拍右边时把左边的戏遮住,戏还照演,最后两次曝光合成一片。当时考虑到拍摄难度,往往是一人正面一人背面,同时出现正面的镜头很少。

孙莉群对当年的拍摄记忆犹新,"六七月份西安特别热,西影厂正在建设中,我们拍戏的地方是一片空地,搭了个简易摄影棚就开拍了,可以说要啥没啥。陈妙华演两个角色,为了贴近青年男子的造型,化妆师给她垫鼻子,天气太热,又没有空调,捂的时间长都化脓了。"孙莉群说:"那会儿是三年自然灾害最严重的时期,我们拍戏的好歹有粮食吃,但我家里给

《虎口缘》家喻户晓,全巧民饰演贾莲香,陈妙华饰演周天佑

我捎话，说家里没粮了，我一下就慌了，也没办法问人借，后来是全巧民给了我8斤粮票，这事我永远记得。"

就是在这么艰苦的条件下，《三滴血》如期拍摄完成。1961年全国公映，万人空巷，影片中的几位年轻演员也迎来了艺术事业的高峰。至今一提起《三滴血》，陕西人首先想到的是这部电影，它已经成为经典秦腔的代名词。

"文革"中的易俗社

20世纪50年代到60年代初，是易俗社的"49级"最为活跃的时期，这些演员正值青春年华，在名师名导的精心培育下，好戏一场接一场。据统计，"49级"毕业前后共排演本戏和折子戏70多出，大多同学都有自己的代表作。丰富的演出剧目、整齐的演出阵容，培养了一大批忠实观众。正当秦腔艺术焕发勃勃生机之时，"文化大革命"开始了，传统戏遭禁演，戏箱被封甚至被烧，很多优秀演员遭到了毁灭性的打击。

1964年7月，易俗社到甘肃、宁夏巡回演出，途中接到通知，传统剧目全部停演，戏箱全部封存，演出队不得不返回西安。传统剧目禁演后，同时提出以"现代戏为纲"，不少老艺人、老编剧被迫办理退休手续，理由是"不适应现代戏"。当时退休、退职的有王天民、李可易、贾明易、王秉中、剧作家冯杰三、谢迈千等，并且严格规定，家在农村的返回原籍。在彻底砸烂"四旧"的革命浪潮中，易俗社被认为是资产阶级改良主义的产物，是封建时期和旧社会的残渣，原有的演出单位编制改成军队的班、排、连，而易俗社的名字"易俗"二字因为没有"阶级性"，没有战斗精神，竟改名为"西安市战斗剧团"。张咏华至今记得，1966年10月，社里的演职人员成立了"战斗队"，开始"造反"，他们在院子里集合宣誓，将悬挂了数十年的，令陕西人自豪的易俗社老招牌摘了下来，扔进车库，换上了白底黑字的"西安市战斗剧团"木牌。据《易俗社七十年编年记事》

记载,易俗社改名后,群众各自成立"革命组织",混乱局面由此开始。

1969年,《陕西日报》报道"易俗社的清队经验",诬陷易俗社创办人李桐轩等人是"清王朝的封建余孽",老社长李约祉以九旬高龄,抄家后被遣送原籍"监督劳动",接受"管制"。一时间,易俗社成了"西安市文化界反动统治的中心","一个挂着文化团体招牌的庞大特务、反革命据点","上演反动剧本五百多个"。很快,运动就波及"49级"这批学生,说他们是"招降纳叛,扩张反动势力"的产物,一部分青年演职人员被列入"三名三高"(名演员、名作家、名教授和高工资、高稿酬、高奖金),甚至"三大秦班下江南"十三省巡回演出也成了罪证。

张咏华在其自传《艺海搏击60年》中,记录了这段黑白颠倒的岁月。当时她被扣上了好几顶"帽子",什么"保皇派宣扬封建才子佳人的有力工

前排左起:孙莉群、陈妙华;后排左起:李敏军、张咏华

具"，什么"走资本主义道路当权派的红人""修正主义黑苗子"，等等。"我记得是个正月，那天下着大雪，一伙红卫兵突然闯进我家，让我随他们去一趟。一辆解放牌大卡车就停在门外，我被推上卡车，双臂被捆，双眼被蒙，不知道要被送到哪里。过了好久，车停下了，我听见高音喇叭里诵读当天的'最新指示'，这才知道他们把我拉到了西安交大。"张咏华说，那一刻她想着豁出去了，心里反倒坦然。到了所谓的审问办公室，红卫兵将她的一摞演出照摔在桌上，说："台上演鬼，现在你就是活鬼！"

"他们揪住我的头发让我看照片，一个耳光打得我左耳嗡嗡作响，后来左耳一直流黄水。我被限制了人身自由，他们抄家搜黑资料，撕下我的工作证照片，印上'招蜂引蝶的母夜叉'字样到处散发，这些都给我的生活留下了难以抹去的阴影。"张咏华说，那段日子她特别苦闷，一度产生了轻生念头。

一个演员被剥夺了演出资格，这是一种什么样的摧残？同样遭遇厄运的还有陈妙华，一个称得上"戏痴"的女子。孙莉群说，1958年至"文革"前是陈妙华演艺事业的巅峰期。"她几乎是全民偶像，每天都能接到很多书信，大多数是求爱的情书。戏迷晚上披着被子排队买她的票，她走到哪儿戏迷就跟到哪儿，真是红极了！"

但在"文革"中，她主演的传统戏成了"四害"之一，她被冠以"三名三高"黑苗子的罪名受到批斗，精神遭受极大创伤。身体的病痛从此伴随着她的后半生。易俗社老社长冀福记曾说，陈妙华的痛苦就在于"文革"期间艺术生命被扼杀，她一生痴迷的秦腔，她从小就视之为生命的艺术，被强硬地从她的生活中剥离出来。"她当时的不幸就来源于此，她患的就是'文革'后遗症。"

《西安事变》首创"周总理唱秦腔"

秦腔现代戏《西安事变》是"文革"之后解放思想的代表作，当时革命领袖人物是不能以真实姓名出现在舞台上的，更不要说让他们开口唱地方戏了。"《西安事变》能不能演出？周恩来能不能唱秦腔？表面上似乎是一个剧目问题，一个艺术形式问题，实际上反映了人们的思想有没有从过去的旧框框走出来，反映了新时代的戏曲工作者敢不敢在艺术上闯关的问题。"戏曲评论家苏育生认为这是《西安事变》的价值所在。

编剧杨克忍在创作过程中，曾定下三条原则：一、总理要迟出场，给观众适应的时间；二、尽量让总理在后面唱，先让张学良、杨虎城等人物开口唱，使观众进入秦腔的氛围；三、非唱不可的地方再让总理唱，运用秦腔音乐中最好的板式。这三条在现在看来都很平常，但那时候却是战战兢兢，生怕过不了审查关。

《西安事变》海报

1977年3月，易俗社成立《西安事变》创作小组，编剧杨克忍、李哲明、范角、段肇升，导演陈尚华赴北京、大连、上海等地访问和收集资料，三个月后开始剧本创作，9月完成初稿，10月剧本送文化部审查。1978年初，《西安事变》开始排练，4月中旬，文化部组织有关人员观看了彩排，认为运用地方戏曲表现革命领导人形象，是一次成功的尝试，批准在内部公演。

然而就在演出进行之时，市文化局接到通知，根据中宣部一份文件精神，要求戏曲和歌剧暂不做塑造老一辈无产阶级革命家的尝试，《西安事变》中周恩来说陕西话，唱秦腔，难以想象其不会损害周总理的光辉形象，因此要求立即停止演出。为了让上级领导看到《西安事变》的演出实况，经过录像送北京审查。文化部同意在内部继续演出，但又建议将周恩来的唱段改为说白。由于各方意见不统一，演出时断时续。

1979年初，事情终于有了转机。文化部决定《西安事变》参加中华人民共和国成立30周年献礼演出，关于周恩来能不能唱秦腔的争论才宣告结束。

《西安事变》主要角色由"49级"担纲，郭葆华扮演周恩来，伍敏中扮演蒋介石，孙莉群扮演宋美龄。正式排演前，剧组给郭葆华在招待所包了间房，让他住在那里看文件，厚厚的几个本子，西安事变前后所有发生的事情，谁是啥身份，谁起啥作用，全部看一遍。郭葆华说："我看了40多天资料，还在电影公司看了小电影，演的是周恩来访问17国，我每天学习总理走路的样子，外形、神情、讲话的语气等等，慢慢地找到了感觉。"

孙莉群扮演的宋美龄也大受关注，在西安公演时，她一出场，台下观众都说："快看！宋美龄出来了。"之前没有见过这样的舞台形象，大家感觉很新鲜。孙莉群说："年轻时个子挺拔，再穿上旗袍、高跟皮鞋，观众都觉得漂亮。但那会儿由于政治关系，公开报道很少提我和伍敏中。"关于人物造型，孙莉群是费了一番功夫的。"宋美龄在戏里穿皮鞋，但那会儿'文革'刚结束，街面上找不到一家皮鞋店。后来是在西门外找到一个军工厂，专门给部队做皮鞋的，易俗社给我开了介绍信，才定做了两双，一双黑的，一双红的。还有宋美龄的蓬蓬头，我在钟楼大上海理发店找到一位老师傅，手艺很好。每天下午7点半开戏，我6点去找他做发型。"

孙莉群说，在北京演出的时候出了个小状况，"'南京密谋'一场戏，宋美龄出场杀气腾腾的，一见何应钦，拿起杯子，往桌上一放，我使劲有点大，结果桌子倒了。我当时想：倒就倒了，接着演。下来后导演说：'孙莉群，你咋还胡加戏呢？咋把桌子推到了？'我说：'地毯太软了，我穿个高跟鞋走了几圈，没把脚崴了就是好事情。'"其实这算个演出事故，但表演还在戏剧情境里头，大家也就谅解了。

在北京献礼演出期间，文化部组织了座谈会，戏剧家曹禺以《勇于实

①《西安事变》郭葆华饰演周恩来（右）
②《西安事变》孙莉群饰宋美龄，伍敏中饰蒋介石

践的首创精神》为题，谈了自己的观感。"开始有个同志告诉我，在这个戏里，周恩来说的陕西话，唱的秦腔，我当时觉得这简直不可能。那位同志说，人家已经那样做了，而且在西安演出，大受群众欢迎……这次他们来京参加国庆30周年献礼演出，我尽管又忙又病，还是看了剧本，看了戏。果然搞得不错，它的整个路子，完全是按秦腔的方式走的，而不是话剧的味道……这是一次成功的尝试。现在许多地方剧种，也都敢唱了，我们应该感谢秦腔敢闯、敢做、勇于实践的首创精神。"

老先生的戏一定要传承下来

2019年10月19日晚，易俗社小剧场座无虚席，秦腔经典剧目《三滴血》正在演出。这出戏从它诞生到今天的一百年间，演出的场次无以计数，但这一晚却有着别样的意义。演出团队来自"大秦之腔"北京青年研习社，他们是一群北漂的西北游子，对秦腔的热爱和对乡音的眷恋让他们走到一起。在易俗社演出全本《三滴血》是他们的梦想，也是他们的恩师全巧民先生生前的心愿。

北京青年研习社成立于2004年，咸阳小伙刘祥是发起人之一，这是一个由秦腔业余爱好者组成的民间团体，成员以70后、80后为主，现在也有不少90后加入进来。刘祥一直记得15年前第一次聚会的情景，"我们在中国秦腔网的论坛发布消息，来了有十多个人，拿了一把京胡，大家一起唱了几段，越唱越激动。秦腔是我们的乡音，大家都觉得不能这么玩一下就完了，要把它当一件事情来干，就这样成立了研习社。"

"15年来遇到了很多困难，没有资金，没有场地，几乎办不下去了，但我们从没有灰心过，都是发自内心的一种热爱，还有老艺术家给我们无私的帮助，让我们坚持了下来。"刘祥说，研习社与全巧民结缘是在2012年，他们称全先生"巧妈"。先是通过网络教学，后来又去家里面授，陆续学习了《洞房》《三滴血》等剧目。"那几年巧妈的身体已经不太好了，但她教起戏来就忘了自己,上下午连轴转,对家里的事情不闻不问,只要我们提出想排哪出戏,她就准备好剧本,写好教学笔记,不计任何报酬。巧妈说,我们都是她的孩子……"全巧民曾说过,她最怕的是老先生教给她的戏在她手里断了,"只要孩子们肯学,我一百个愿意教,不收钱,也不要他们拜师磕头,他们学好了,我给他们磕头。"

遗憾的是,全先生没有亲眼看到她的孩子们演出《三滴血》,当晚谢幕时,研习社的演员泪洒现场,他们没有辜负"巧妈"的期望。

随着老艺术家一个一个地离去,传承经典成了最为紧迫的事。对"49级"来说,这种感觉尤为强烈。孙莉群在陕西传统秦腔流派传承发展中心带了几期学生,排演过《三回头》《走雪》等剧目,她说,现在不是老师想

刘毓中1952年全国戏曲汇演获奖后,与学生王芷华、张咏华、全巧民、张龙华在西安市南院门大芳照相馆合影

不想教的问题,而是学生想不想学。"封至模先生给我和陈妙华排过《箭头缘》,我很想把这个戏传下去,有时看上几个演员,娃们就问我:老师,是不是武打?是不是动作戏?我说:就是,唱念做打,这个戏全包括了。娃说:我学不了这功夫。还有《无底洞》,这是个文武戏,李箴民演后边武的,我演前边文的玉鼠精。我想这个戏在表演上还能扩展一下,给娃们一说,结果都说:哎呀,是不是演妖精?丑得很。我的心就有些凉了,你一心想给他们排戏,但娃们家挑挑拣拣的,我也就没信心了。"

2015年,易俗社复排《双锦衣》,作为传承小组的成员,孙莉群感到责任重大,因为"这个戏必须传承下来,谁来易俗社都说,这是鲁迅先生看过的戏,易俗社没有这出戏,绝对不行"。这是易俗社第八次复排《双锦衣》,也是间隔时间最长的一次,时隔23年。很多经典剧目就是在一次次复排的过程中不断完善并形成最好的版本,像《三滴血》,原来线索很多,拍电影的时候形成了定版。《双锦衣》也是如此。孙莉群说:"我没学过导演,只是凭着个人经验和体会指导演员。我总记得贺孝民老师对陈妙华说的一句话:一个好演员要拿角色征服观众,你不能迎合观众,迎合观众的人都不在角色里。你看有些演员在台前嚎叫,观众不断叫好,但他就是不在人物里。排《双锦衣》,为了出场的抽剑,我想了十来天,从服装、动作各方面都重新设计了。我给惠敏莉说:穿长裙,不抬脚,不踢腿,因为你是一个知书达理的官宦小姐,要在音乐中转身。至于出来效果咋样,咱让观众去评价。"

让孙莉群担忧的是,现在一些年轻演员的想法不一样了。"说实话,我的心情很复杂,有时候也想,咱找几个人把这个戏教一下,但实际情况是,老师很热情,学生却不愿意。可一旦要评什么文华奖、梅花奖、红梅奖,情况就不一样了,把老人搀上搀下,争夺排练场,整天排练都是满的。等汇演一过,鸦雀无声了,排练场也没人了。"

陕西省传统秦腔流派传承发展中心坐落于西安交通大学秦腔博物馆,2014年创办时,李淑芳刚刚经历一场抉择,是继续从事秦腔事业,还是改

①《夺锦楼》孙莉群扮演钱琼英
②张咏华戏装照

行经商。作为唯一的"肖派"传承人、中国戏剧"梅花奖"获得者,放弃秦腔等于断送了自己的艺术生命。那些日子,她拜访了很多老艺术家,听取他们的意见,她的思路渐渐清晰起来。秦腔流派传承迫在眉睫,不光要传承"肖派",还有刘毓老的"衰派"、王天民的"王派"、余巧云的"余派"等等。到目前为止,传承中心举办了五期传承班,惠及西北五省的基层演员,秦腔名家全巧民、桑梓、郭葆华、孙莉群等都是"召之即来",无偿授课,尽心尽力。

李淑芳忘不了恩师肖若兰在病中给她传《藏舟》的情景,"那时老师的病已经很重了,我提出想学《藏舟》,她让我先自己看录像,把大框架记下,再到医院来学。我记得当时她让老伴找一支桨来,医院里哪有桨呢?她老伴拿了个拖把,老师还生气了,最后是找了一块木板当船桨。我们在住院部的院子排戏,医生、护士、病人都围着看,说肖若兰给徒弟排戏呢。"李淑芳说,1995年她位居西安戏曲"石榴花"奖榜首,她去医院给老师报喜,肖若兰很高兴,为她取艺名"小若兰"。

"新竹高于旧竹枝,全凭老干为扶持",经典就是这样一代代传承下来的。时代发展为人们的文化娱乐生活提供了更多选择,秦腔式微是不争的事实,但总有一群人在坚守,因为这是他们的初心。

(本章图片由张咏华、孙莉群女士提供)

参考书目、篇目

［1］《陕西省戏剧志》编纂委员会. 陕西省戏剧志：西安市卷［M］. 西安：三秦出版社，1998.

［2］《西安戏曲志》编辑委员会. 西安戏曲史料集［M］. 西安：中国广播电视出版社，1989.

［3］王鸿绵. 西安梨园轶闻［M］//西安市文史研究馆. 西安文史纵横. 西安：三秦出版社，1989.

［4］临潼文史资料第十辑《临潼艺苑名人录》（内部刊印），1994年.

［5］苏育生. 中国秦腔［M］. 上海：上海百家出版社，2009.

［6］《易俗社七十年资料汇编》（内部刊印），1982年.

［7］《陕西易俗社第一次报告书》（1921年），《陕西易俗社第二次报告书》（1929年），《陕西易俗社简明报告书》（1931年），《陕西易俗社第四次报告书》（1937年）.

［8］西安易俗社. 易俗社秦腔剧本选［M］. 北京：中国戏剧出版社，1982.

［9］苏育生. 易俗社八十年［M］. 西安：三秦出版社，1992.

［10］何桑. 百年易俗社［M］. 西安：陕西出版集团太白文艺出版社，2010.

［11］李仪祉著《南园忆胜》（复印本）.

［12］《西安艺术·孙仁玉专辑》（内部刊印），2013年4月.

［13］玉振. 孙仁玉传［M］. 西安：三秦出版社，1992.

［14］王鸿绵. 孙仁玉研究资料［M］. 西安：三秦出版社，1992.

［15］范紫东. 待雨楼诗文稿［M］. 杨恩成辑注. 西安：陕西出版传媒集团陕西科学技术出版社，2013.

［16］苏育生. 范紫东研究资料［M］. 西安：三秦出版社，1992.

［17］范紫东研究会编《范紫东研究》创刊号、第五期、第六期（内部刊印）.

［18］西安戏剧研究所. 纪念封至模先生百年诞辰专辑［J］. 西安戏剧，1994（2）.

[19]《西安艺术·封至模纪念专刊》(内部刊印),2010年5月.

[20]雷震中编写《翰墨春秋——剧作家高培支生涯简介》,参见《陕西文史资料》第十二辑,1981年3月10日.

[21]张咏华.艺海搏击六十年[M].西安:陕西出版集团太白文艺出版社,2012.

[22]郭红军,苟登财,张振秦.民国时期西安秦腔班社戏报汇编·易俗社卷[M].上海:上海书店出版社,2016.

[23]冯省行,杨献农,杨锋.冯杰三与秦腔:上下册[M].北京:中国戏剧出版社,2018.

图书在版编目(CIP)数据

易俗大先生 / 余静著. —西安：西北大学出版社，2020.8

ISBN 978-7-5604-4554-0

Ⅰ.①易… Ⅱ.①余… Ⅲ.①纪实文学—中国—当代 Ⅳ.①I25

中国版本图书馆 CIP 数据核字(2020)第 121174 号

易俗大先生

余静 著

西北大学出版社出版发行

(西北大学校内 邮编：710069 电话：029-88302589)
http://nwupress.nwu.edu.cn　E-mail: xdpress@nwu.edu.cn

全国新华书店经销　　　陕西隆昌印刷有限公司

开本：787 毫米×1092 毫米　1/16　印张：17.75

2020 年 8 月第 1 版　2023 年 3 月第 2 次印刷

字数：245 千字

ISBN 978-7-5604-4554-0　定价：89.00 元

如有印装质量问题，请与本社联系调换，电话 029-88302966。